von Aue Hartmann

Der arme Heinrich

Die Büchlein

von Aue Hartmann

Der arme Heinrich
Die Büchlein

ISBN/EAN: 9783742891891

Hergestellt in Europa, USA, Kanada, Australien, Japan

Cover: Foto ©Andreas Hilbeck / pixelio.de

Manufactured and distributed by brebook publishing software
(www.brebook.com)

von Aue Hartmann

Der arme Heinrich

DER ARME HEINRICH

UND

DIE BÜCHLEIN

VON

HARTMANN VON AUE

HERAUSGEGEBEN

VON

MORIZ HAUPT

ZWEITE AUFLAGE
DER „LIEDER UND BÜCHLEIN UND DES ARMEN HEINRICH"

BESORGT VON E. MARTIN

LEIPZIG
VERLAG VON S. HIRZEL
1881

GEORG FRIEDRICH BENECKE

ZUM III AUGUST MDCCCXLII

IN TREUER VEREHRUNG GEWIDMET

VORREDE.

Zwei bisher ungedruckten gedichten Hartmanns von Aue,
durch deren herausgabe ich die freunde der altdeutschen
dichtkunst zu erfreuen hoffe, habe ich seine lieder und sei-
nen armen Heinrich zugesellt, weil in ihnen noch manches
der verbesserung bedürftig schien und damit nicht allzusehr
zerstreut wäre was von diesem dichter uns übrig ist. [die
lieder sind von der zweiten ausgabe ausgeschlossen worden,
weil sie inzwischen in des minnesangs frühling aufnahme
gefunden haben.]

Auf die lieder folgen die beiden ungedruckten büchlein,
denen ich diesen namen gegeben habe weil das zweite sich
selbst so nennt und das erste derselben gattung angehört.
ich bedurfte einer gemeinsamen bezeichnung und hoffe dass
diese nicht zu fremdartig klingt, wenn auch die literar-
historiker weniger als billig ist die unterscheidenden benen-
nungen hervorheben mit denen das deutsche mittelalter seine
dichtarten selbst bezeichnet.

Beide büchlein stehen in der bekannten Ambraser hand-
schrift, deren reichhaltigkeit für die entstellung der in ihr
erhaltenen gedichte entschädigt (die k. k. Ambraser samm-
lung beschr. von Alois Primisser s. 277). der gefälligkeit
des aufsehers der Ambraser sammlung, des herrn Joseph
Bergmann, verdanke ich es dass ich von ihnen, wie früher
vom Erec, abschriften erhielt. das erste büchlein folgt in
der handschrift auf den Iwein, bl. 22—26, und führt die
überschrift Ein schöne Disputatz. Von der Liebe. so einer
gegen einer schönen frawen gehabt vnd getan hat. dies
gedicht war durch Primissers anzeige in dem taschenbuche
des freiherrn von Hormayr (1822) bekannt und herr von
der Hagen hat das ende desselben (1645 ff.), wo der leib

*als fürspreche im auftrag des herzens redet, in den nach-
trägen zu seiner sammlung der minnesinger* (3, 468ᵃ) *mit-
getheilt. er hat richtig bemerkt dass die strophen dieser
rede gleichmässig um ein reimpaar abnehmen und dass da-
durch an zwei stellen sich lücken verrathen. aber er hat
die erste dieser lücken an einer stelle (nach 1801) ange-
nommen wo der sinn nicht darauf führt und diese unge-
sungenen strophen mit unrecht einen leich genannt.* [zeitschr.
4, 395 *gibt* Haupt *zu dass diese strophen gesungen worden
sind und einen leich bilden.*] *unmöglich können sie, wenn
auch ihre zeilenzahl ungleich ist,* Hartmann von Aue *als
leichdichter bewähren. wenn also der von* Gliers *in einem
leiche* (MS. 1, 43ᵇ) *von dem von* Gutenburg, *dem von* Turne,
Heinrich von Rücke, *dem von* Aue, Friedrich von Hausen
rühmt Daz wâren alse guote man Daz man an leichen ir
genôz niemer mêr gevinden kan, *so wird man, wenn der
ausdruck genau ist, an verlorene leiche* Hartmanns *denken
müssen. dieses büchlein ist in der handschrift auf das ärgste
verderbt und ich hätte es aus dieser zerrüttung mit allem
fleisse (und an mühe habe ich es nicht fehlen lassen) nicht
in leidliche gestalt zu bringen vermocht, wenn nicht der
scharfsinn* Lachmanns, *dessen beistand und gewohnte güte
auch bei den übrigen gedichten mich erfreut und ermuntert
hat, mir zu hilfe gekommen wäre. dennoch warten noch
manche stellen auf verbesserung.*

*Weniger verderbt und nach meinem gefühle ein besseres
gedicht ist das zweite büchlein. es heisst in der handschrift*
Ein klag einer frawen. so sy der lieb halb tuet: *ein albernes
misverständnis der worte* (14) Dise wîplîche klage. *zum
glück ahnte ich, ein gedicht das mitten zwischen hartmanni-
schen steht, zwischen dem ersten büchlein und dem* Erec,
bl. 26—28, *werde wohl auch von* Hartmann *sein: jetzt wird
niemand daran zweifeln, obwohl sich der dichter nicht nennt.*
Hartmanns *gepräge wäre unverkennbar, wenn er auch nicht
eine strophe eines seiner lieder fast wörtlich wiederholte.
ich habe auch andere stellen angemerkt die er nach seiner
gewohnheit mehrmals anwendet.*

*In dem ersten büchlein, wenn nicht etwa mehr fehlt als
die* 6 *zeilen in den beiden unzweifelhaften lücken, sind ab-
schnitte von* 30 *zeilen so wenig anzunehmen als im armen*
Heinrich. *das zweite büchlein enthält, worauf* Lachmann
mich aufmerksam macht, 27 *mal* 30 *zeilen, wenn man die
letzten* 16 *zeilen als geleit für sich bestehen lässt. mit den
absätzen durch die ich ruhepunkte gegeben habe treffen meist*

die grossen anfangsbuchstaben der handschrift zusammen, die ich nicht bezeichnet habe weil ich hierin meinen abschriften nicht überall traute und weil ich keinen leser stören wollte. hat sich doch jemand gefunden der an meiner ausgabe des Erec, an der kenner genug tadelnswerthes finden müssen, nichts auszusetzen wuste als die ausgerückten zeilen und dass ich die beiden z nicht unterscheide. da ich auch dieses mal keine neuen buchstaben habe schneiden lassen, so will ich wenigstens den ängstlich fragenden durch die versicherung trösten dass ich jene beiden laute in der aussprache würklich unterscheide.

Briefe oder büchlein sind aus dem vierzehnten und funfzehnten jahrhundert genug vorhanden. der erste band von dem liedersaale des freiherrn von Lassberg enthält ihrer eine ansehnliche zahl; andere sind z. b. abgedruckt oder nachgewiesen im anzeiger für kunde des deutschen ma. 1833 s. 39. 125. 1838 s. 552. 1839 s. 216. aber die drei büchlein im frauendienste Ulrichs von Lichtenstein, den markgraf Heinrich von Istrien zwischen 1215 und 1219 lehrte an prieven tihten süeziu wort *(frauend. 9, 17) waren bisher die ältesten die man von einem namhaften dichter kannte. in der form eines briefes sind lehren der minne schon in einem gedichte des zwölften jahrhunderts abgefasst (Docen misc. 2, 306, vgl. Lachmann über den eingang des Parz. s. 3), so dass auch diese gattung der poesie das dreizehnte jahrhundert von dem zwölften überkommen hat. aus der romanischen dichtkunst, die namentlich in den breus und letras der Provenzalen dieselbe gattung zeigt, diese form herzuleiten wäre mislich: sie liegt so nahe dass sie überall von selbst entstehen konnte, und es gibt lateinische gedichte aus früherer zeit des mittelalters die sich mit ihr berühren. ich setze ein anmutiges kleines gedicht hierher das im neunten jahrhundert Walafrid ganz in dem tone eines liebesbriefchens gehalten hat, wenn auch die freundin an die er es richtete keine geliebte war.*

Ad amicam.

Cum splendor lunae fulgescit ab aethere purae,
Tu sta sub divo, cernens speculamine miro
Qualiter et luna splendescit lampade pura
Et splendore suo caros amplectitur uno,
Corpore divisos, sed mentis amore ligatos.
Si facies faciem spectare nequivit amantem,

Hoc saltem nobis lumen sit pignus amoris.
Hos tibi versiculos fidus transmisit amicus,
Si de parte tua fidei stat fixa catena.
Nunc precor ut valeas felix per saecula cuncta.

bei Canisius (lect. ant. 1, 2, 245 *Basn.*), *von dem ich dieses gedicht entlehne, steht in der ersten zeile* fulgescat *und in der dritten* Qualiter ex luna splendescat.

Hartmanns armer Heinrich ist uns in zweierlei [dreierlei] gestalt überliefert.

A. die Strassburger handschrift (in der bibliothek der Johanniter A 94 *bl.* 23ᵇ — 35ᵇ) [1870 *verbrannt]. ich habe keine neue vergleichung benutzen können, aber den abdruck in Müllers sammlung deutscher gedichte mit der ausgabe der brüder Grimm zusammengehalten und wo ich unsicher war in meinen anmerkungen ein fragezeichen gesetzt.*

B. die überarbeitung des echten textes. sie ist in zwei handschriften erhalten. Bᵃ nenne ich die Heidelberger handschrift 341, *worin dieses gedicht von bl.* 249ᵃ *bis* 258ᵇ *steht. Lachmann hat mich mit einer vergleichung der abschrift überrascht die von dieser handschrift sich in der königlichen bibliothek zu Berlin befindet und ich habe mich damit vollkommen begnügen können. mit Bᵇ bezeichne ich den abdruck der Koloczaer handschrift (Koloczaer codex altdeutscher gedichte, herausgegeben von Johann Nep. grafen von Mailáth und Johann Paul Köffinger s.* 425 *ff.). die behauptung, die ich hier und da finde, die Koloczaer handschrift sei aus der Heidelberger abgeschrieben, wird weder im armen Heinrich noch in den anderen gedichten von denen ich den text beider kenne bestätigt: beide können abschriften einer verlorenen sein. in hinsicht auf den armen Heinrich sind sie mehr merkwürdig, weil sie lehren welche entstellung ein edles werk durch rohe willkür erleiden konnte, als nutzbar: doch blickt einige mal, wo in der Strassburger handschrift gefehlt ist, echte farbe unter der übertünchung hervor. wo ich durch B übereinstimmung von Bᵃ und Bᵇ bezeichne sind unbedeutende abweichungen der schreibweise nicht gerechnet: an ihnen verliert niemand etwas und ich fürchte vielmehr diese beiden handschriften zu oft wegen unerheblichem unterschieden zu haben.*

[C. bruchstücke aus S. Florian, abgedruckt von F. Pfeiffer Germ. 3, 347. 348.]

Nach den vorgängern die ich bei diesem gedichte hatte konnte meine arbeit nur eine nachbesserung sein. ich habe

mich zuweilen, wo ich keinen grund zur abweichung sah,
näher an die Strassburger handschrift gehalten, öfter me-
trische unebenheiten durch genauere schreibung oder durch
hoffentlich nicht mislungene änderungen geglättet, einige
mal auch fehlern des sinnes abzuhelfen gesucht. so schien
mir 114 das präsens lebet statt des präteritums unerläss-
lich, 265 Lachmanns verbesserung von andern landen dem
sinne nach triftig, aber meine vermutung von vrömden lan-
den leichter, 447 manbære an sich und wegen der deutlich
beabsichtigten wiederholung der worte des arztes mit êrbære
zu vertauschen. ich brauche nicht alle meine änderungen
aufzuzählen: sie ergeben sich leicht aus einer vergleichung
mit Wackernagels oder mit Wilhelm Müllers ausgabe. was
meine vorgänger an dem texte der handschrift verbessert
haben ist von mir nur da mit ihren namen angemerkt wor-
den wo es kritische berichtigung und nicht blosse gramma-
tische regelung war.

Von dem dichter, obwohl sein jahrhundert ihn oft rühmt
oder auf seine gedichte anspielt, wissen wir sehr wenig. die
Züricher museumsgesellschaft stellt in ihrer denkschrift zur
feier des 24n junius 1840 herrn Hartmann von Aue an die
spitze der männer 'die geboren in Zürich oder fremdher
gekommen und eingebürgert für licht recht und wahrheit,
religiöse und bürgerliche freiheit geredet und geschrie-
ben und durch ihre schriften Zürichs namen verherrlicht
haben.' ich hoffe, sie kann dies besser rechtfertigen als da-
durch dass es ein adelliches geschlecht von Aue in Zürich
gab oder durch die annahme des freiherrn von Lassberg,
Hartmann dienstmann zu Aue sei aus dem geschlechte der
ritter von Westerspül an der Thur gewesen, die dienstman-
nen der abtei Reichenau waren. gegen diese folgerung aus
dem wappen Hartmanns in der Weingarter und der Pariser
handschrift hat Jacob Grimm (Gött. gel. anz. 1838 s. 140)
den gewichtigen einwand erhoben, der sich von selbst auf-
drängt. der zu Schwaben gesessene herr Heinrich, dessen
sagenhafte geschichte Hartmann erzählt hat war kein dienst-
mann (sîn burt unwandelbære und wol den fürsten gelîch a. H.
42) und kein geistlicher herr, er heiratet und der dichter
denkt sich ihn offenbar dem geschlechte angehörig mit dem
er selbst durch dienstverhältnis verbunden war, dem ge-
schlechte der herren von Aue als deren dienstmann er selbst
von Aue hiess. ehe man also nicht verlässige nachrichten
aufdeckt müssen wir uns begnügen Hartmann von Aue einen
schwäbischen ritter zu nennen. da er wenigstens eins seiner

*lieder in Franken gedichtet hat (s. 22, 19) [MSF. 218, 20;
doch vgl. auch Martin anz. f. d. alt.* 1, 128], *und sich selbst
nirgend ausdrücklich, sondern nur den armen Heinrich als
einen Schwaben bezeichnet, vielmehr von den Schwaben so
redet, dass es scheinen kann als unterscheide er sich von ihnen*
(got weiz wol, den Swâben muoz ieglich biderber man jehen,
der sî dâ heime hât gesehen, daz bezzers willen niene wart
a. H. 1422 *ff.*), *so könnte man allenfalls seine heimat in
zweifel ziehen; aber Heinrich vom Türlein lässt in seiner
krone Hartmanns Erec aus Schwaben kommen.* [*Vgl. jetzt
L. Schmid des minnesängers Hartmann von Aue stand heimat
und geschlecht, Tübingen* 1875.]

    Als Gottfried von Strassburg seinen Tristan dichtete (um
1210) *war Hartmann noch am leben; seinen tod beklagt
Heinrich vom Türlein. dieser aber dichtete seine krone um
das jahr* 1220. *denn wenn herr Pfeiffer in seiner dankens-
werthen recension meiner ausgabe des guten Gerhard (Münch.
gel. anz.* 1842 *st.* 72 *s.* 571) *bemerkt, in der zwiefachen rei-
henfolge, in welcher Rudolf von Ems im Alexander und im
Wilhelm die verschiedenen dichter aufzähle sei kein sicherer
beweis für die zeitfolge zu finden, so ist diese bemerkung
überflüssig, wenn sie warnen soll aus jenen aufzählungen
einzelne jahre zu berechnen, und unrichtig, wenn sie leug-
net dass Rudolf chronologische folge beabsichtigt hat. im
Alexander (v. d. Hagen MS.* 4, 866 *f.) folgen auf einander
Heinrich von Veldeke, Hartmann der Auer, Wolfram von
Eschenbach, Gottfried von Strassburg, Konrad von Himels-
furt, Wirnt von Grafenberg, Ulrich von Zetzighofen, Blicker
von Steinach, Heinrich von dem Türlein, Freidank, Konrad
Fleck, Albrecht von Kemenat, Heinrich von Leinau, der
Stricker, Wetzel, Ulrich von Türheim. im Wilhelm (v. d.
Hagen MS.* 4, 868 *f.) werden aufgezählt der von Veldeke,
der Auer, der von Eschenbach, Gottfried von Strassburg,
Blicker, Ulrich von Zetzighofen, Wirnt von Grafenberg,
Freidank, der von Absalone, der von Fussesbrunnen, Konrad
Fleck, der von Leinau, der Stricker, Gottfried von Hohen-
lohe, Albrecht von Kemenat, der Türheimer. man sieht,
Rudolf nennt nicht in beiden gedichten durchaus dieselben
und er ordnet gleichzeitige dichter nicht das eine mal ganz
so wie das andere (und warum oder nach welcher regel hätte
er es denn thun können?), aber es ist deutlich dass er im
ganzen die zeitfolge in welcher diese dichter bekannt wur-
den beobachtet und dass wir berechtigt sind einem dichter
den er zwischen Wirnt von Grafenberg (oder Ulrich von*

Zetzighofen oder Blicker von Steinach, denn diese drei sind gleichzeitig) und Freidank aufzählt um das jahr 1220 zu setzen. Hartmann von Aue ist also zwischen 1210 und 1220 gestorben. ich theile die stelle aus Heinrichs krone, die bereits herr von der Hagen MS. 4, 263 f. 871 hat abdrucken lassen, hier und da berichtigt mit, ohne für das einzelne einstehen zu können, da ich von der Heidelberger handschrift (H) nur die lesarten kenne die Hahn seinem auszuge aus der Wiener handschrift (W), in Ferdinand Wolfs werke über die lais s. 413 ff., beigefügt hat. Heinrich vom Türlein hat vorher ritter der tafelrunde aufgezählt, wie Hartmann im Erec. daraus ergab sich mir von selbst die verbesserung der nächsten zeilen.

Ob ich daz reine gesinde
daz mit dem Sælden kinde,
dem künege Artûse, was,
als ich ez vil ofte las
an Êrecke, nande,   5
den von der Swâbe lande
uns brâhte ein tihtære,
ich weiz wol daz ez wære
überic unde unlobelich.
umb die rede sô hân ich   10
die ungenanten genant,
die vil lîhte unbekant
meister Hartman wâren,
oder er wolt bewâren
ein valsch nâchreden dar an,   15
daz lîhte tæte ein valsch man,
als in sîn natûre lêret,
der niht wan bœse mêret.
daz kunde er wol bedenken.
in enmoht niht lîhte bekrenken   20
ein man der zweier zungen phlac
und der vil bittern nâchslac

5. anes reken nande *W*, Vnd ander recken n. *H*: s. *Erec* 1628 *ff.*
6. Swaben *W*.   8. es were *H*, er wær *W*.   13. hartman *H*,
Stærman *W*.   15. nachreden *H*, nahred *W*.

hinden nâch dem manne sleht
und im vorn ab die schande tweht.
des was er alles vollekomen.   25
der got der uns in habe genomen
der müezn im ze ingesinde haben,
und werde nimmer ab geschaben
von des lebens buoche.
der himelsche künec geruoche   30
daz er der sêle lône
mit unverwerter krône
und müeze im mit alle vergeben
swaz er ie in disem leben
getæte wider sîn hulde,   35
wan von der werlt schulde
geviel der sêl diu missetât
der der lîp gedienet hât
mit tugent rîchem sinne.
des himels küneginne,   40
diu muoter ist unde maget,
ze der genâden sî geklaget,
ob der sêle iht gewerre.
vater sun und herre,
guot wîstuom und gewalt,   45
got einer in der drivalt,
erhœr umb in, rîcher Krist,
diu dîn tohter und dîn muoter ist
und ein tûbe âne galle,
daz sîn sêle iht gevalle   50
in debeinen tœtlîchen last,
wan du selbe gesprochen hâst,
'swer mîn vor der werlt vergiht
unde an mir verzwîvelt niht,
daz selbe im von mir geschiht.'   55
    Solich klage und ditz gebet,

25. allez *W*.   27. mîzen *W*, musse *H*.   zein gesinde *W*.
30. himelisch *W*.   32. vnverwereter *H*, vnwerder *W*.   33. al *W*.

daz ich daz ie getet,
daz sol man niht vür wunder hân.
wan sô der reine Hartman
mîn herze besitzet,   60
sô kaltetz unde switzet
und bristet unde krachet.
sîn tugent mir daz machet
der er bî sîner zît phlac.
owê tœtlîcher slac,   65
wie du an im hâst gesiget
daz er in touber molten liget
der ie schein in vreuden schar!
Hartman unde Reinmâr,
swelch herze nâch werltvreuden jeit   70
(wan dar nâch ir lêre streit),
die müezen si von schulden klagen.
si habent in vor getragen
tugentbilde und werde lêre.
swer wîbes lop unde ir êre   75
sô vürder als si tâten,
der ist unverrâten
von mir wider wîbes namen.
si kunden stillen unde zamen
swaz von nîde valsches vlouc.   80
swâ man wîbes güete belouc,
dâ stuonden dise zwên ze wer
wider der valschære her.
wîbes güete, dirst geschehen,
kundestuz ze rehte spehen,   85
daz dir nie grœzer schade geschach.
dîn lop wirt val unde swach,
wan si valwent lîplôs
an den diu freude ir reht verlôs

61. chaltez *W*, kaltet es *H*.   67. molte *W*.   69. Reimar *W*.
73. jne vor *H*, vor *W*.   74. werde *H*, werdes *W*.   76. vorder
. *W*, meret *H*.   77. Der si *H*.   79. chvnnen *W*.   83. valscher *W*.
84. der ist *W*.   85. kvndestvz *W*, Kuntestu vís *H*.   89. *fehlt W*.

und wîbes freude aller meist.   90
ouch muoz ich klagen den von Eist,
den guoten Dietmâren,
und die andern die dâ wâren,
ir sûl und ir brücke
Heinrîch von Rücke,   95
und von Hûsen Friderîch,
von Guotenburc Uolrîch,
und der reine Hûg von Salzâ.
got der müez si setzen dâ
dâ ir sêle genâde habe.   100
vür wâr si dirre werlde habe
mit sölber zuht bouten,
swâ si des ie getrouten
daz si daz beste tæten,
daz wart mit selben stæten   105
sô getân daz dâ an in
nie geviel schanden gwin.
wis in, got, als ich in bin.

90. vrôd *W*, lob *H*.   91. mîz *W*.   93. die da *H*, da di *W*.
94. brvke *W*.   95. ruke *W*.   . 96. husen *H*, Eisen *W*.
97. güten burch *W*, gûtenburg *H*.   98. haug *W*.   100. Da *H*,
fchlt *W*.   104. taten *W*.   105. staten *W*.   106. da *H*, dar *W*.
107. schanden *H*, schaden *W*.   gewin *W*.   108. Wis *H*, weis *W*.

*Ich erlaube mir einige bemerkungen anzureihen die sich
nicht auf Hartmann von Aue beziehen. Haug von Salza,
der sonst in der geschichte der deutschen dichtkunst ver-
schollen ist, mag der* Hugo de Salza *sein den ich als zeuge
in einer urkunde Ludwigs des 3n, landgrafen von Thürin-
gen, vom jahre* 1174, *in Tentzels supplementum historiae
Gothanae secundum s.* 491 *und in Schannats vindemiae li-
terariae collectio prima s.* 117, *finde, und vielleicht ist dies
derselbe Haug von Salza der ein hospital in Salza stiftete,
das, nach urkunden bei Schöttgen und Kreysig, dipl. et
script. hist. Germ.* 1, 762 *ff., sein sohn Günther im einver-
nehmen mit seiner frau, seinen kindern, und seinem bruder,
der canonicus zu Bamberg war und wie er selbst Günther
hiess, im jahre* 1272 *dem kloster Volkerode schenkte: war
Haug im jahre* 1174 *noch jung, so ist es leicht möglich*

dass im jahre 1272 *noch söhne von ihm lebten.* [*S. auch MSF.* 245 *anm.*]

Von Dietmar von Eist und von Heinrich von Rücke weiss ich nichts neues zu sagen. [*Vgl. MSF.* 245; *F. Pfeiffer Germ.* 7, 110—112.] · *aber Friedrich von Hausen, der, wie zuerst Lachmann (zum Iwein* 4431) *bemerkt hat, im mai* 1190 *in einem gefechte gegen die Türken umkam, lässt sich, wie mich dünkt, in urkunden nachweisen.* Waltherus de Husen et Fredericus filius eius *stehen als zeugen in einer urkunde des erzbischofs Christian des* 1n *von Mainz vom jahre* 1171, *bei Ioannis rer. Mog. vol.* 2 *s.* 649; Fridericus filius Waltheri de Husen *bezeugt eine urkunde desselben erzbischofs,* datum Papie anno dominice incarnacionis MCLXXV indict. VIII, *bei Ioannis* 2, 522. *öfter erscheint in urkunden Walther.* Waltherus homo liber de Husen *leistet im jahre* 1159 *verzicht auf die vogtei über Rorheim, das dem kloster Schönau bei Heidelberg gehörte; die zu Wormss ausgestellte urkunde steht in Gudenus sylloge variorum diplomatum s.* 18. *als zeuge kommt er schon in den vierziger jahren vor, in einer urkunde des bischofs Buggo von Wormss (Gudenus s.* 7). *in den sechziger jahren wird er in einer urkunde von Konrad* sancte Marie ad gradus in Moguncia prepositus *erwähnt. kaiser Friedrich der* 1e *hatte ihn mit untersuchung einer rechtssache beauftragt,* imperator vero tribus discretis et prudentibus viris, videlicet Waltherus de Husen et Wolframmo de Steine et Wernbero de Bolanden iniunxit quatenus predictam adirent curtim *(Osthoven)* et attentius de familia ibi cohabitante inquirerent *u. s. w.* (*Ioannis* 2, 667). *im jahre* 1165 *finde ich ihn in einer Wormsser urkunde kaiser Friedrichs des* 1n (*Pertz leges* 2, 139) *und in urkunden des abtes Heinrich von Lorsch (Gudenus s.* 21. 24, *Ioannis rer. Mog. tom. nov. s.* 117); *im jahre* 1171 *noch in einer andern urkunde des Mainzer erzbischofs Christian* (*Ioannis* 2,648); *im jahre* 1173 *in einer zu Speier ausgestellten urkunde kaiser Friedrichs des* 1n (*Würdtwein subs.* 1, 367, *Ioannis* 2, 589, *Pertz leges* 2, 143). [*weiteres urkundliches material s. zu MSF.* 245 *und Müllenhoff z. f. d. a.* 14,134.] *seinen tod beklagt Spervogel MS.* 2,227°, Mich riuwet Vruote über mer, Und von Hûsen Walther, Heinrîch von Gebechenstein, Und von Stoufen was ir noch ein: Got genâde Wernharte Der ûf Steinberc saz Und niht vor den êren versparte. [*richtiger MSF.* 25, 20.] *auf den versuch geschichtlicher erläuterung dieser strophe lasse ich mich hier nicht ein; so viel versteht sich von selbst dass Wernhart über*

*dessen tod Spervogel klagt nicht der Wernhart von Steinberg
sein kann den herr von der Hagen MS. 4, 686 aus einer
urkunde vom jahre 1230 beibringt. eben so falsch ist, so
viel ich weiss, was er s. 687 angibt, dass Walther von Hau-
sen in Wormsser urkunden bis 1194 vorkomme. ich denke,
diese behauptung ist ein durch einen druckfehler verschlim-
mertes misverständnis dessen was herr von der Hagen selbst
s. 151 anm. 1 undeutlich gesagt hat; nicht mit Walther von
Hausen, wie er seine eignen worte zu misdeuten scheint,
sondern mit Blicker von Steinach bezeugen die ministerialen
Herimbert und Hartwig (nicht Hartwin) von Hausen eine
urkunde von 1184 (bei Gudenus s. 34). aus den beziehun-
gen der urkunden in denen Walther und Friedrich von Hau-
sen vorkommen, besonders aus der von Walther selbst im
jahre 1159 ausgestellten, ergibt sich ihr geschlecht als ein
pfälzisches. herr von der Hagen widerspricht sich, wenn
er, wie es scheint, s. 150 f. den dichter Friedrich von Hau-
sen von dem pfälzischen geschlechte aus dem unwahren grunde
sondert dass in ihm kein Friedrich vorkomme, und doch s. 687
behauptet, Friedrich von Hausen stehe jenem Walther nahe.
s. 151 denkt er an einen Friedrich von Hausen der im
jahre 1210 als dienstmann der markgrafen von Hohenburg
vorkommt, setzt aber auf den folgenden seiten den dichter
doch an den Rhein, aber in ein schwäbisches geschlecht, und
lässt ihn im jahre 1190 umkommen. dass der dichter in
rheinischer gegend wohnte (umb den Rîn MS. 1, 92ᵇ,
alumbe den Rîn 94ᵃ), passt nicht besser auf einen Schwa-
ben, der nicht nachgewiesen ist, als auf das pfälzische ge-
schlecht dessen burg in der nähe von Mannheim lag. mir
scheint Mones meinung (bad. archiv 1, 57), dass der dichter
ein Pfälzer war, das richtige zu treffen, wie irriges auch
sonst sein aufsatz enthalten mag. wenigstens sehe ich nichts
was verhinderte den dichter für den sohn Walthers zu hal-
ten und den der im jahre 1190 in dem kreuzheere kaiser
Friedrichs war für denselben der funfzehn jahr früher ohne
zweifel in des kaisers gefolge sich in Italien befand. die
sprichwörtliche anspielung des dichters auf Trier,* Mich dun-
ket wie ir wort gelîche gê Rehte als ez der sumer von
Triere tæte (1, 93ᵇ) genügt nicht mit Lachmann (über die
leiche s. 426) seine heimat dorthin zu setzen, auch wohl
nicht die niederdeutschen reime die er sich einige mal ge-
stattet zu haben scheint.·*

*Über Ulrich von Gutenberg, den Heinrich vom Türlein
neben Friedrich von Hausen als gestorben beklagt, weiss ich*

nur das zu sagen, was niemand bezweifeln wird, dass es nicht, wie herr von der Hagen meint (4, 119 f., wo es überhaupt an wunderlichem nicht fehlt), der sein kann der noch 1276 lebte. [vgl. Martin z. f. d. a. 23, 440.]

Auf Hartmanns Iwein spielt Wolfram von Eschenbach an im *fünften buche des Parzival* (253, 10), *dessen sechstes nach dem sommer* 1204 [1203] *gedichtet ist (Lachmann vorr. zu Wolfr.* **XIX**); *eins seiner lieder (s.* 22, 4 *ff.* [MSF. 218, 5]) *ist nach Saladins tode, also nach dem merz* 1193 *gedichtet; im Iwein* (2791 *ff.*) *erwähnt er wie sich Erec um Enitens willen verlegen habe und denkt wohl an die aufzählung im Erec wenn er es sich erspart die ritter der tafelrunde zu nennen (Iw.* 4709 daz ich sî alle nenne die ich dâ erkenne, daz ist alsô guot vermiten): *andere sichere andeutungen über die zeit der abfassung seiner einzelnen gedichte habe ich nicht gefunden. aber es unterliegt keinem bedenken den Erec für das früheste seiner werke zu erklären. herrn von der Hagen* (4, 264), *aber ehe der Erec gedruckt war, schien der Gregor das früheste, wie die noch nicht durchgebildete darstellung verrathe und ein bekenntnis des dichters* (617 *ff.*) *dass sein mund noch nicht geschickt sei recht von liebe und leid zu reden, weil er, in gleichmütigem zustande, beides noch nicht erfahren habe. allein dass er noch nicht liebe erfahren habe ist gar nicht Hartmanns meinung und es widerspräche, wenn man alles genau nimmt, was er in einem liede (s.* 4, 26 *f.* [MSF. 206, 18]) *sagt, ein wîp* — der ich gedienet hân mit stætekeit sît der stunt deich ûf mîm stabe reit: *er meint bloss dass er noch nie freude noch leid in vollem masse* (rehte liep noch grôzez herzenleit) *empfunden habe, und ich weiss hieraus keine zeitbestimmung zu gewinnen. dagegen lehrt eine vergleichung des versbaues dass Hartmann den Gregor nach dem Erec und mit geübterer kunst gedichtet hat. ungefähr eine zeit mit dem Gregor verrathen die beiden büchlein, von denen das erste auch wohl das ältere sein wird. Hartmann dichtete es als junger mann* (6 *ff.*), *aber doch, wie es scheint, nach seinem kreuzzuge. denn was er von dem meere erzählt* (353 *ff.*) *macht eigene anschauung wahrscheinlich, besonders durch die worte* daz ist allen den wol kunt die dâ mite gewesen sint. *das kreuz nahm er nach seines herren und nach Saladins tode (s.* 11, 3 *ff.* 22, 18 *f.* [MSF. 210, 23. 218, 19]); *es drängen sich also seine vorhandenen gedichte mit ausnahme des Erec, in wenige jahre am schlusse des zwölften jahrhunderts zusammen. denn den Iwein halte auch ich für*

*die jüngste seiner erzählungen, obwohl die frühere abfassung
des armen Heinrich sich leichter fühlt (vergl. die anmerkung
zu Iw. 21) als mit entscheidenden Gründen darthun lässt.
[vgl. E. Naumann über die reihenfolge der werke Hart-
manns von Aue z. f. d. a. 22, 25—74.]* herr San-Marte
*freilich (leben und dichten Wolframs von Eschenbach 2, 239)
meint, im eingange des armen Heinrich erscheine dem dichter
seine kunst schon nicht mehr als ein blosser zeitvertreib,
wie im eingange des Iwein, den er vor scharfsinn falsch
übersetzt, sondern auch als ein mittel trübe stunden sanfter
zu machen, und er ist geneigt (s. 317) anzunehmen dass der
arme Heinrich erst nach Wolframs Wilhelm gedichtet wor-
den, da Wolfram, ungeachtet seiner sichtlichen zuneigung zu
Hartmanns gedichten, wie des Gregor so des armen Hein-
rich nirgend gedenke, dessen heilung mit der des Anfortas
entschiedene ähnlichkeit habe: aber diese einfälle, sowie die
bemerkung dass der arme Heinrich ein dankgedicht Hart-
manns an seinen herrn, Heinrich von Aue, sei, oder dass
es ein leichtes wäre den wälschen gast zu einem fortlaufen-
den commentar von Wolframs Parzival umzubilden, oder
dass Freidank Wolframs werke ausgebeutet habe, oder viele
andere gleiches werthes, haben nur das verdienst sachver-
ständigen zur erheiterung zu gereichen.*

*Die ersten bogen dieses buches haben den mann dem
vor allen das leichte und genaue verständniss der dichtungen
Hartmanns verdankt wird bei der vollendung des funfzig-
sten jahres seiner amtlichen thätigkeit als eine kleine fest-
gabe und als ein zeichen meiner verehrung begrüsst, er wird,
so wünsche und hoffe ich, die letzten mit derselben mir oft
bewiesenen nachsicht und güte und mit jener regen und för-
dernden theilnahme an der wissenschaft empfangen die sein
greisenalter auszeichnet und noch lange auszeichnen möge.*

Leipzig 11 september 1842.   *M. H.*

*[In dieser zweiten ausgabe sind die nachbesserungen in
Haupts handexemplar und die grossentheils damit zusammen-
fallenden in den anmerkungen zur zweiten auflage des Erec
an folgenden stellen eingetragen worden: a. Heinr. 34. 47. 179.
189. 204. 246. 328. 405. 525. 570. 658. 717. 741. 753. 865.
871. 872. 886. 945. 946. 1105. 1134. 1238. 1346. 1383.
1393. 1411. 1495. 1 büchl. 40. 145. 146. 232. 233. 251. 297.
306. 429. 441. 445. 457. 503. 511. 512. 561. 655. 656. 658.
702. 769. 811. 816. 881. 916. 1051. 1053. 1111. 1144. 1189.*

1208. 1216. 1291. 1292. 1295. 1357. 1489. 1498. 1566. 1612.
1654. 1679. 1681. 1716. 1732. 1755. 1762 — 1764. 1831.
1833. 1853. 1879. 1906. 1908. 1910. 1913. 2 *büchl.* 87.
110. 225. 315. 323. 386. 479. 538. 582. 624. 670. 717. 736.
745. 754. 757. 761. *nachzutragen wären noch folgende*
besserungen Lachmanns in den lesarten zum Iwein: a. H.
174 arzte (*z. Iw.* 1553), 328 liebt (4194), 566 trûric beidiu
und unfrô (5099), 436. 1017 zuo (5873), 729 volgend ist
(7438), 854 dann (7438), 1035 niemer mêr (3512), 1089
binde, 1090 dîn schœner lîp (3560), 1392 engeloubten (1730),
1 *büchl.* 355 wesenn, 959 dann (7438). *auch hätte ich statt*
der seitenzahl der dritten auflage des Iwein die verszahl
angeben sollen zum 1 *büchl.* 251 *v.* 1159; 449 *v.* 1208.

Die stellen der büchlein, an welchen in folge dieser nach-
träge die lesarten zu ändern waren, hat J. Seemüller freund-
lichst mit der Ambraser handschrift collationniert. zum
armen Heinrich benutzte Haupt selbst eine vergleichung der
Strassburger handschrift von F. Roth, leider, wie es scheint,
nur für den anfang; die Heidelberger hs. der erzählungen
habe ich selbst neu verglichen. die S. Florianer bruchstücke
habe ich für sich unterhalb der übrigen lesarten vollständig
abdrucken lassen. die daraus sich ergebenden änderungen
habe ich dagegen ebensowenig als die besserungsvorschläge
späterer herausgeber, auch wenn sie zutreffend erschienen,
in den text aufnehmen wollen: ich konnte nicht sicher sein
dabei immer mit Haupts eigenen ansichten übereinzustimmen.

Ich würde sonst, wie dies schon Bech gethan hat, fol-
genden in C zum texte hinzukommenden versen aufnahme
gewährt haben: den 2 in AC (hier unvollständig) hinter 852
folgenden, aber mit Wackernagels änderung LBᶴ 544, 33.
34 dâ sol nû schiere der tôt mich lœsen von der helle
nôt; *den 4 in BC hinter* 662 *vorhandenen und den 4 nur*
in C, der vierte auch nicht vollständig, erhaltenen versen
hinter 652. *damit wäre die theilbarkeit durch 30 auch für*
die verszahl des a. Heinr. hergestellt.

Für das erste büchlein ist gewiss beachtenswert dass
der leich am schluss gerade 270 verse umfasst. die sicher
nachweisbaren lücken in diesem leich werden ähnliche im vor-
hergehenden unstrophischen stück ebenfalls wahrscheinlich
machen; und eine solche, etwa nach 352 anzusetzende, könnte
die zu v. 359 wünschenswerte erklärung zu die dâ mite ge-
wesen sint enthalten haben. sind im 1 büchlein 6 verse ausge-
fallen, so betrüge die gesammtzahl 1920 = 64 × 30 verse, d. h.
vier quaternionen, für ein allein übersandtes gedicht sehr passend.

*Endlich ist für den Gregorius, dessen lücken jetzt durch
die handschrift J ausgefüllt sind, ein ähnliches zahlenverhält-
nis höchst wahrscheinlich.* zunächst sind folgende nur in *A*
überlieferte verse als interpoliert zu erkennen: 871. 872 daz
man ez noch toufen solde unde ziehen mit dem golde; *eine
wiederholung von* 569. 570, *die vollständig überflüssig ist und
widersinnig, weil der abt es nicht verschweigt, dass das kind
noch getauft werden soll.* ebenso anstössig sind 1081. 1082,
die nur in EJ überliefert sind, nicht in AC. sie unterbrechen
*das kunstvoll gegliederte lob des jünglings mit einer beschrän-
kung, von der man nicht einsieht, warum sie gerade hier ein-
treten soll.* drittens halte ich auch die 12 verse 1149—1160,
*die sich in E allein vorfinden, nicht aber in AJ, für inter-
poliert.* sie bringen nichts neues, ja die schlusszeilen 1159.
1160 sind so gut wie ganz = 1147. 1148. *eine derartige
wiederholung wird man nicht mit Haupt zu Erec 5067 ent-
schuldigen dürfen: es ist etwas anderes, wenn, wie im Erec
geschieht, ein zu anfang einer rede ausgesprochener vorwurf
nach einer eingehenden begründung am schluss wiederholt
wird.* und wieder ein anderer fall liegt z. b. Greg. 1698
*vor, wo ein vers, der nur ein nicht eben gewichtiges satz-
glied enthält, bald darauf,* 1752 *wiederkehrt; oder wenn die-
selben verse nach längerem zwischenraum sich wieder ein-
finden, was Hartmann sich nicht selten gestattet.* dass wie
*oben angenommen ist, solche wiederholungen auch durch inter-
polation entstehn können, zeigt u. a. B im a. Heinr.,* wo nach
606 *ein vers eingeschoben ist, der* 614 *so gut wie völlig
gleich steht.* müssen somit von der verszahl der ausgaben,
3834, abgezogen werden 2 + 2 + 12, *so dass nur* 3818
bleiben, so kommen andrerseits wieder dazu: 170 verse der
in J erhaltenen einleitung, ferner 2 *verse nach* 3642, *wo
die übereinstimmung von EGJ gegenüber der hs. A entschei-
det, in welcher überdies v.* 3643 *nicht recht verständlich
ist.* so hat denn der Gregorius gerade 3990 verse, *so dass
auch dies gedicht sich den auf s. VI angeführten anschliesst.*

Strassburg 2 febr. 1881.   Ernst Martin.]

DER ARME HEINRICH

Ein ritter sô gelêret was
daz er an den buochen las
swaz er dar an geschriben vant.
der was Hartman genant,
dienstman was er ze Ouwe.   5
ʋ er nam im mange schonwe —
an mislîchen buochen:
dar an begunde er suochen
ob er iht des funde
dâ mite er swære stunde   10
möhte senfter machen
und von sô gewanten sachen
daz gotes êren töhte
und dâ mite er sich möhte
gelieben den liuten.   15
nu beginnet er iu diuten
ein rede dier geschriben vant.
dar umbe hât er sich genant,
daz er sîner arbeit
die er dar an hât geleit   20
niht âne lôn belîbe,

Dis ist von dem armen heinriche *A*, Ditz ist der arme heinrich
got mach vns im gelich *B*ᵃ, Ditz ist ein mere rich von dem armen
heinrich *B*ᵇ. 3. 8. der an *A*. 5. zuo *A*. Uñ was ein d. von
owe *B*. 6. der nam im eine sch. *B*. 7. An einem ieslichen (its-
lichen *B*ᵇ) buche (buchen *B*ᵇ) *B*. 8. suche *B*ᵃ, suchen *B*ᵇ. 10. do
*AB*ᵇ. 11. Senfter mochte m. *B*. 12. mit so geweren sachen *B*.
13. Daz zu g. *B*. 14. und *fehlt B*. do *AB*ᵇ. 16. úch *A*. hie
beg. er uns d. *B*. 17. die er *AB*ᵃ, er hie *B*ᵇ. 20. daran *A*: an
ditz buch *B*. 21. Ane lon icht b. *B*.

1 *

und swer nâch sînem lîbe
sî hœre sagen oder lese,
daz er im bitende wese
der sêle heiles hin ze gote.   25
man seit, er sî sîn selbes bote
unde erlœse sich dâ mite,·
swer über des andern schulde bite.
Er las ditz selbe mære,
wie ein herre wære   30
ze Swâben gesezzen:
an dem enwas vergezzen
deheine der tugent †
die ein riter in sîner jugent
ze vollem lobe haben sol.   35
man sprach dô niemen alsô wol
in allen den landen.
er hete ze sînen handen
geburt und dar zuo rîcheit:
ouch was sîn tugent vil breit·   40
swie ganz sîn habe wære,
sîn burt unwandelbære
und wol den fürsten gelîch,
doch was er unnâch alsô rîch
der geburt und des guotes   45
sô der êren und des muotes.

22. Swer iz nach B.   23. sú A (so immer), fehlt B.   lesen A.
24. in A, fehlt B.   25. Der sele heiles B: Der selen heil A.
26. Men seit A: er gicht B.   27. do A.   Un lose sich selber da
m. B.   28. über A: vor B.   schulde A: sunde B.   29. dis selbe A:
uns ditz B.   30. wie daz ein B.   31. Zû A (oft für ze).   32. enwas
A: was niht B.   33. Dekeine der tugent A: deheine wis der t.? Lach-
mann. Aller der t. B.   34. Die A: der B.   ritter AB. s. zu Erec 8795.
35. Zv ganzem B.   36. men A.   dô fehlt B.   nieman (und ieman)
immer AB.   37. In allen den richen B.   38. hatte A.   er hatte
werlichen B.   39. Geburt unde (un B*) wisheit B.   40. bereit A.
sin t. die was vil breit B.   41. sine A.   42. An geburt unw.
A, so was sin burt unwandelbere B.   43. Andern f. g. B.   44. er
fehlt A.   er was unnahe also rich B.   45. der gebúrte A.   46. so
A: als B*, also B*.

Sîn name der was erkennelich,
und hiez der herre Heinrich,
und was von Ouwe geborn.
sîn herze hâte versworn   50
valsch und alle törperheit,
und behielt ouch vaste den eit
stæte unz an sîn ende.
ân alle missewende
stuont sîn êre und sîn leben.   55
im was der rehte wunsch gegeben
ze werltlîchen êren:
die kunde er wol gemêren
mit aller hande reiner tugent.
er was ein bluome der jugent,   60
der werlte fröude ein spiegelglas,
stæter triuwe ein adamas,
ein ganziu krône der zuht.
er was der nôthaften fluht,
ein schilt sîner mâge,   65
der milte ein glîchiu wâge:
im enwart über noch gebrast.
er truoc den arbeitsamen last
der êren über rücke.
er was des râtes brücke,   70
und sanc vil wol von minnen.
alsus kund er gewinnen

---

47. waz gar *A. s. zu Er.* 5500.   48. er was geheizen heinrich *B.*
49. von der ouwe *A.*   50. hette *A*, daz hatte im *B.*   51. dorp-
heit *B.*   52. vil wol beh. er den eit *B.*   53. Stet biz *B.*   55. vū
stunt *A.*   Stunt sin geburt uñ s. l. *B.*   56. der rechter *B.*   57. Zuo
A, Die *B.*   58—60 — *von der guten frau* 1474—1476.   58. die
fehlt B.   59. Mit mancher hande tugent *B.*   63. ganze *A.*   63. 64. Er
was milde des gutes ein lewe sines mutes *B.*   63—67 *sind geborgt
in Dieterichs flucht* 2331—35.   9962. *s. Wh. Grimm heldens.* 184.
66. geliche *AB.*   *Derselbe vers Rabenschlacht* 911, 3.   67. Ime (Im
B[b]) wart *B.*   68. den arbeitsamen last *Lachmann*: der ersamen last
A, die arbeit (erb. *B*[a]) als (alse *B*[a]) ein last *B.*   69. Die ere *B.*
71. so wol *B.*   72. konde er gew. *B*: kunde er wol gew. *A.*

der werlte lop unde prîs.
er was hübesch und dar zuo wîs.
Dô der herre Heinrich   75
alsô geniete sich
êren unde guotes
und frœlîches muotes
und werltlîcher wünne
(er was für al sîn künne   80
geprîset unde geêret),
sîn hôchmuot wart verkêret
in ein leben gar geneiget.
an im wart erzeiget,
als ouch an Absolône,   85
daz diu üppige krône
werltlîcher süeze
vellet under füeze
ab ir besten werdekeit,
als uns diu schrift hât geseit.   90
ez spricht an einer stete dâ,
'medîâ vîtâ
in morte sûmus:'
daz bediutet sich alsus,
daz wir in dem tôde sweben   95
sô wir aller beste wænen leben.
Dirre werlte veste,
ir stæte, unde ir beste

73. uñ iren pr. *B*.   74. er was schone junc hubsch uñ wis *B*.
75. herre *fehlt A*.   76. alsus (-st *Bª*)*AB*.   genietete *A*.   *nach*
78 Uñ in der werlde (werde *Bª*) lebete in dirre suze swebete *B*.   79. In
der w. w. *B*.   80. fúr alles sin k. *A*, uber allez sin k. *B*.   81. Ge-
hohet *Bᵇ*, Gehoet *Bª*.   82. Sin hoher muot *A*: unrehter hôchmuot
Er. 1229.   daz wart im schire verkeret *B*.   83. Er wart vil ga-
hes (gachs *Bª*) geneiget *B*.   84. an im so wart erz. *B*.   85. ouch
fehlt B.   absalone *B*.   86. der die *B*.   87. Uñ ouch der werlde
suze *B*.   88. v. nider under die fúze *A*, gezuckete under die fuze *B*.
vergl. 702, *Iw*. 1578.   89. wúrdikeit *A*.   Von siner hohsten (hôsten
Bª) werdikeit *B*.   90. geschrift *A*.   an ein smeliches leit *B*, *vergl*. 118.
91. Es sprichet *A*, Daz sprichet *B*.   einre stette *A*, einer stat *B*.
94. sich *A*: uns *B*.   96. best *B*, bast *A*.   98. ir *fehlt beidemal B*.

unde ir grœste magenkraft,
diu stât âne meisterschaft.　　　　　　　　100
des muge wir an der kerzen sehen
ein wârez bilde geschehen,
daz sî zeiner aschen wirt
enmitten dô sî lieht birt.
wir sîn von brœden sachen.　　　　　　　105
nû sehent wie unser lachen
mit weinen erlischet.
unser süeze ist vermischet
mit bitterre gallen.
unser bluome der muoz vallen　　　　　　110
so er allergrüenest wænet sîn.
an hern Heinrîche wart wol schîn,
der in dem hœhsten werde
lebet ûf dirre erde,
derst der versmæhte vor gote.　　　　　　115
er viel von sîme gebote
ab sîner besten werdekeit
in ein versmæhelîchez leit:
in ergreif diu miselsuht.
dô man die swæren gotes zuht　　　　　　120
gesach an sînem lîbe,
manne unde wîbe
wart er dô widerzæme.
nû sehent wie genæme

99. Die aller hohste (hôste *Bᵃ*) mankraft *B*.　100. stet *B*.　101. Das
ABᵃ, Daz *Bᵇ*.　103. zuo einer *AB*.　eschen *A*.　104. En mitten
A: vor uns *B*.　lieht *fehlt A*.　105. sint *A*.　106. Nu s. *A*: war-
tet *B*.　unserz *Bᵃ*.　108. unser honic (honic ist *Bᵃ*) gemischet Ist
(Ist *fehlt Bᵃ*) *B*.　110. die *B*.　111. so wir aller beste wenen
sin *B*.　112. heinrich *A*.　daz wirt an dem herren heinriche (-en
Bᵇ) sch. *B*.　113. hoehesten *A*.　Do er in siner hohsten werde *B*.
114. Lebete *ABᵃ*, lebte *Bᵇ*.　erden *A*.　115—118 *fehlen B*.
115. Der ist d. versmehete v. g. *A*.　117. Abe *A*.　119. Do
begreif in *B*.　120. die swere *A*, des waren *B*.　121. sach *B*.
122. manne *B*: man *A*.　123. dô, *fehlt B*.　124. warta wie
geneme *B*, *vergl.* 106.　wie gar g. *A*.

er ê der werlte wære,   125
und wart nû alse unmære
daz in niemen gerne an sach:
alse ouch lobe geschach,
dem edeln und dem rîchen,
der ouch vil jæmerlîchen   130
dem miste wart ze teile
mitten in sîm heile.
Und dô der arme Heinrich
alrêst verstuont sich
daz er der werlte widerstuont,   135
als alle sîne gelîchen tuont,
dô schiet in sîn bitter leit
von lobes gedultikeit.
wan ez leit lob der guote
mit gedultigem muote   140
do ez ime ze lîdenne geschach
durch der sêle gemach
den siechtuom und die smâheit
die er von der werlte leit:
des lobet er got und fröute sich.   145
dô tet der arme Heinrich
leider niender alsô:
wan er was trûrec unde unfrô.
sîn swebendez herze daz verswanc,

126. Er wart ir alse unm. *B.*   127. Daz man in vil ungerne
sach *B.*   128. Yobe *Bᵃ.*   130. der also iem. *B.*   132. Mitteln *A.*
In sinem besten heile *vor* 131 *B.*   133—138 *fehlen B.*   139. Daz
leit yob (job *Bᵇ*?) *B.*   140. geduldeclichem (-ticl- *Bᵇ*) *B.*   141. Waz
B.   142. selen *A.*   143. siechtum *B*: siechtagen *A.*   smacheit *B*:
swacheit *A.*   144. Den er *A*, die yob (job *Bᵇ*?) *B.*   von den leu-
ten l. *B.*   147. niergent *A*, nirgen *B.*   148. Wan er was *A*: er
wart *B.*   149—157. Sin honic wart ze (zv *Bᵃ*) gallen sin blume muste
vallen Ze (Zv *Bᵃ*) heu wart im sin grunez gras der e der werlde vevre
(fevre *Bᵇ*) was Sin swebende vroude im versanc sin swimmendez herze
daz ertranc Ein trûbes wolken dicke bedackte siner sunnen blicke
Ein swinde bitter donerslac der brach im sinen mitten tac Sin morgen-
sterne der erlasch ungerne dulte er daz Uñ schemte sich vil sere *B.*
149. verswant *A.*

sîn swimmendiu fröude ertranc, 150
sîn hôchvart muoste vallen,
sîn honic wart ze gallen,
ein swinde vinster donreslac
zerbrach im sînen mitten tac,
ein trüebez wolken unde dic 155
bedaht im sîner sunnen blic.
er sente sich vil sêre
daz er sô manege êre
hindr im müeste lâzen.
verfluochet und verwâzen 160
wart vil ofte der tac
dâ sîn geburt ane lac.
Ein wênic fröuwet er sich doch
von eime trôste dannoch:
wan im wart dicke geseit 165
daz disiu selbe siecheit
wære vil mislich
und etelîchiu gnislich.
des wart vil maneger slahte
sîn gedinge und sîn ahte. 170
er gedâhte daz er wære
vil lîhte genisbære,
und fuor alsô drâte
nâch der arzâte râte
gegen Munpasiliere. 175
dâ vand er vil schiere
niht wan den untrôst
daz er niemer würde erlôst.

150. Sin swinnende fr. wart ertrant A. 153. tunre slag A. 154. ime sin A. 158. so groze B. 161. vil dicke B. 162. Da Ba, Do AB^b. sine B. 163. Ein wening A. 165. Daz im dicke was ges. B. 166. dise A, die B. 168. etteliche A, etsliche B. genislich AB. 169. 170. Do wart sin mut un sin acht harte manicher slacht B. 169. Der wart in v. m. sl. A. 171. Un dachte B. 172. genesebere B. 173. getrate A. Do fur er also drate B. 175. mvnbasilire Ba, muntbaselire B^b. 176. Do AB^b. vil A: also B. 177. Nuwent A, Leider niht wan B. 178. Unde daz A.

Daz hôrte er vil ungerne,
und fuor gegen Sâlerne   180
und suocht ouch dâ durch genist
der wîsen arzâte list.
den besten meister er dâ vant.
der seite ime zehant
ein seltsæne mære,   185
daz er genislich wære
und wær doch iemer ungenesen.
dô sprach er 'wie mac daz wesen? ·
diu rede ist harte unmügelich.
bin ich gnislich, sô genise ich: 190
und swaz mir für wirt geleit
von guote oder von arbeit,
daz trûwe ich vollebringen.'
'nû lât daz gedingen'
sprach der meister aber dô: 195
'iuwerr sühte ist alsô
(waz frumet daz ichz iu kunt tuo?):
dâ hôrte arzenîe zuo:
des wæret ir genislîch.
nu enist ab nieman sô rîch   200
noch von sô starken sinnen
dêr sî müge gewinnen.
des sint ir iemer ungenesen,
got enwelle der arzât wesen.'
Dô sprach der arme Heinrich   205

179. vil B: gar A.   181. 182. fehlen B.   183. 184. Da (Do
B^b) hiez er vragen zehant nach den besten meistern die man vant B.
183. do A.   185. Eine A.   Der sait im do (da B·) ein mere
B.   186. er were genesebere B.   187. were AB.   188—209. Meister
wie mac daz gewesen Sprach der arme heinrich war umbe untrost ir
mich Bin ich geneselich (geneslich B^a) sehet so genese ich Mir enwirt
niht vor geleit an gute noch an (an fehlt B^a) arbeit Ich entruwe iz
wol volbringen an deheiner slahte dingen Irn wolt denne iwer recht
brechen B.   189. du redest A.   190. genislich A.   191. wurt A.
196. Uwerre A.   197. fromet A.   ich es uch A.   198. hôrte
Lachmann: hoeret A.   200. aber A.   204. g. welle dan A.

'war umbe untrœstent ir mich?
jâ hân ich guotes wol die kraft:
ir enwellent iuwer meisterschaft
und iuwer reht ouch brechen
und dar zuo versprechen 210
beidiu mîn silber und mîn golt,
ich mache iuch mir alsô holt
daz ir mich harte gerne ernert.'
'mir wære der wille unrewert'
sprach der meister aber dô: 215
'und wære der arzenîe alsô
daz man sî veile funde
oder daz man sî kunde
mit deheinen dingen erwerben,
ich enlieze iuch niht verderben. 220
nu enmac des leider niht sîn:
dâ von muoz iu diu helfe mîn
durch alle nôt sîn versaget.
ir müesent haben eine maget
diu vollen êrbære 225
und ouch des willen wære
daz sî den tôt durch iuch lite.
nu enist ez niht der liute site
daz ez iemen gerne tuo.
sô hœrt ouch anders niht dar zuo 230
niwan der maget herzen bluot:

207. jâ *Wackernagel*: Joch *A*. 210. uñ wolt an mir verspr. *B*.
211. Beide *AB*. 213. nert *B*. 214. unbewert *B*. 216. und
fehlt B. der *B*: die *A*. arzedie so *B*. 219. Mit ichte erw. *B*.
221. Des mac leider n. gesin *B*. 222. des muz euch sin d. b.
m. *B*. 223. Ane mine schulde versait *B*. 224. muezent *A*, soldet
*B*ᵃ, scholdet *B*ʰ. 225. Vollen vriebere *B*. 226. die in dem w. w. *B*.
227. durch úch litte *A*: gerne lide *B*. 228. 229. daz man si
zwischen iren brusten snite Nu ist iz niht der werlde site davon si
wir in iamers mite (davon — mite *fehlt B*ᵃ) Daz keine (deheine *B*ᵃ)
daz durch uch tu *B*. 230. danen (dane *B*ᵃ) horet anders niht zu *B*.
231. Nuwent der megede bluot *A*, Wan der reinen meide herzen
blut *B*. *vergl.* 452.

daz wær für iuwer suht guot.'
Nu erkante der arme Heinrich
daz daz wære unmügelich
daz iemen den erwürbe   235
der gerne für in stürbe.
alsus was im der trôst benomen
ûf den er dar was komen,
und dar nâch für die selben frist
hât er ze sîner genist   240
dehein gedinge mêre.
des wart sîn herzesêre
alsô kreftic unde grôz
daz in des aller meist verdrôz,
ob er langer solte leben.   245
nû fuor er heim und gunde geben
sîn erbe und ouch sîn varnde guot,
als in dô sîn selbes muot
unde wîser rât lêrte,
dâ erz aller beste bekêrte.   250
er begunde bescheidenlîchen
sîn armen friunde rîchen
und trôst ouch frömde armen,
daz sich got erbarmen
geruochte über der sêle heil: 255

232. Daz were fúr (fur *B^b*, vor *B^a*) *AB*.   suche *B*.   233. Do
sprach der a. h. *B*.   234. daz were gar unm. *B*.   236. vor *B*.
Nach 236 vñ gar verturbe Got der sol der arzet wesen oder ich
bin immer ungenesen *B* (*vergl.* 203. 204).   237. wart im sin tr. *B*.
238. Uffe den *A*, dar umbe *B*.   bekomen (-u- *B^b*) *B*.   239. selbe
A.   Doen hatte (Donen hat *B^b*) er zu der selben vr. *B*.   240. zuo
sinre *A*.   zu sines libes g. *B*.   241—244. Gegen in gedinges niht
mer sin bitter herze wart so ser Uñ ouch sin iamer also groz daz in
der zit vil gar verdroz *B*.   245. Daz er iht lenger *B*.   246. er fur
heim uñ begonde vergeben *B*.   begunde *A*.   247. Allez sin varendez g.
248. Rechte als in sin s. m. *B*.   249. gelerte *B*.   250. Do ers
A, so er iz *B*.   kerte *B*.   *darauf* und sin heil merte *B^b*.   251. Er
machte bescheidenliche *B*.   252. sine *A*.   frúnt *A*, vrunt *B*.   riche *B*.
253. trost *A*: beriet *B*.   254. daz sich got liez erb. *B*.   255. selen *A*.
Genediclichen uber d. sele h. *B*.

gotes biusern viel daz ander teil.
alsus sô tet er sich abe
bescheidenlichen sîner habe
unz an ein geriute:
dar flôch er die liute.   260
disiu jæmerlîche geschiht
diu was sîn eines klage niht:
in klageten elliu diu lant
dâ er inne was erkant,
und ouch von vrömden landen   265
die in nâch sage erkanden.
   Der ê ditz geriute
und der ez dannoch biute,
daz was ein frîer bûman
der vil selten ie gewan   270
debein grôz ungemach,
daz andern bûren doch geschach,
die wirs geherret wâren,
und sî die niht verbâren
beidiu 'mit stiure und mit bete.   275,
swaz dirre gebûre gerne tete,
des dûhte sînen herren gnuoc:
dar zuo er in übertruoc   ?
daz er dehein arbeit
von frömdem gewalte leit.   280

256. den klostern gab er daz beste teil Sinen liebesten vreunden
zehant den bevalch er burge uñ lant *B*.   357. Alsus so tet *A*: Alsus
tet *B*.   258—268. aller siner varnden habe Uñ vloch zehant die leute
verre uf ein wilde gereute Do er sich von den leuten zoch (gezoch *Bᵇ*)
uñ verre in einen walt gevloch (vloch *Bᵇ*) Der daz selbe gereute in
dem wilden walde buwete *B*.   258. Bescheidenliche *A*.   263. alle *A*.
264. Do *A*.   265. von den landen *A*.   267. è *Lachmann: fehlt A*.
271. Ie dehein (kein *Bᵇ*) ung. *B*.   272. geburen *A*, gebovren *Bᵃ*,
gebowern *Bᵇ*.   doch *fehlt B*.   274. und sî die *Lachmann*: Uñ sû
do *A*, so si des *B*.   275. Beidiu *A*.   Si geben schoz uñ ouch die
b. *B*.   276. bouman *B*.   277. sinem h. genuog *A*.   Daz nam sin
herre fur (vor *Bᵃ*) gut *B*.   278. Wan er in allez ubertruc *B*.   278. de-
heine *B*.   280. g. nie geleit *B*.

des was debeiner sîn gelîch
in dem lande alsô rîch.
zuo deme zôch sich
sîn herre, der arme Heinrich.
swaz er in het ê gespart,   285
wie wol daz nû gedienet wart
und wie schône er sîn genôz!
wan in vil lützel des verdrôz
swaz im geschach durch in.
er hete die triuwe und ouch den sin   290
daz er vil willeclîchen leit
den kumber und die arbeit
diu ime ze lîdenne geschach.
er schuof ime rîch gemach.
   Got hete dem meier gegeben   295
nâch sîner aht ein reinez leben.
er hete ein wol erbeiten lîp
und ein wol werbendez wîp,
dar zuo het er schœniu kint,
diu gar des mannes frönde sint,   300
unde hete, sô man saget,
under den kinden eine maget,
ein kint von ahte jâren: {
daz kunde wol gebâren
sô rehte güetlîchen: 305
diu wolte nie entwîchen
von ir herren einen fuoz:

281—284. Des en was in den richen under allen sinen gelichen
Dehein bouman also rich zu dem zoch sich der arme heinrich B.
281. was *fehlt A?*   285. in het ê g. *Wackernagel:* in hette g. A, im
vor hatte verspart B.   286. w. w. im daz vergolden w. B.   287—294
fehlen B.   287. schœne A.   289. Swaz im zuo lidende g. A.
291. willeclichen *Wackernagel:* gewillecliche A.   293. zelidende A.
295. don A.   296. in allen wis ein r. l. B.   297. Er hatte wol
einen B.   erbeiten B^a, arbeiten B, erbeiteten A.   301—303. Under den
zoch er eine mait als uns ditz buch hat gesait Wol von zwelf iaren B.
304. Daz A: si B.   wol B: so A.   306. si wolde nie niht wichen
B.   307. irme A. irem B. *ich übergehe von jetzt an diese formen.*

um sîne hulde und sînen gruoz
sô diente si ime alle wege
mit ir gütetlîchen pflege.   310
sî was ouch sô genæme
daz sî wol gezæme
ze kinde deme rîche
an ir wætlîche.
Die andern heten den sin   315
daz sî ze rehter mâze in
wol gewîden kunden:
dô flôch sî zallen stunden
zuo ime und niender anders war.
sî was sîn kurzewîle gar.   320
sî hete gar ir gemüete
mit reiner kindes güete
an ir herren gewant,
daz man sî zallen zîten vant
undr ir herren fuoze.   325
sus wonte sî suoze
ir herren ze allen zîten bî.
dar zuo sô liebt er ouch sî
swâ mit er ouch möhte,
und daz kinden töhte   330
zuo ir kintlîchen spil,
des gap der herre ir vil.

308. Umb *B^b*, Umbe *B^a*.   309. sô *fehlt B*.   311—314 *nach*
320 *B*.   311. Uñ was *B*.   312. zeme *B*.   313. deme *A*: einem *B*.
314. an ir wætlîche *Wackernagel*: An ir werliche *A*, mit schoner
wetliche (werltliche *B^b*) *B. vergl. Er.* §290.   315. anden b. den gesin
B^a.   316. sî *fehlt A*.   317. Wol gem. *B*: Gem. wol *A*.   319. so *B*.
zuo (zv *B^a*) allen *AB^a*.   319. niergent *A*, nirgen *B*.   *nach*
320 *folgen* 311—314 *B*.   321. Sú hatte gar ir g. *A*, So hatte si ir
g. *B*.   323. an iren siechen b. g. *B*.   324. zuo allen ziten *A*, selten
irgen *B*.   325. Under irs h. fueze *A*, Dan (Danne *B^b*) zu sinen vu-
zen *B*.   326. sî suoze *Lachmann*: die sueze *A*.   mit suzer un-
muzen *B*.   327. Wonte si irem herren bi *B*.   328. sô *und* ouch
fehlen B.   liebt: *Lachmann zu Iw. s.* 478.   329. er ouch *A*: so
er *B*.   330. töhte *Lachmann*: wol dohte *A*.   daz der meide tochte *B*.
332. des gewan er ir vil *B*.

ouch half in sêre daz diu kint
sô lîhte ze gewenenne sint.
er gewan ir swaz er veile vant,   335
spiegel unde hârbant
und swaz kinden liep sol sîn,
gürtel unde vingerlîn.
mit dienste brâht ers ûf die vart
daz si im alsô heimlich wart   340
daz er sî sîn gemahel hiez.
diu guote maget in liez
belîben selten eine:
er dûhte sî vil reine.
swie starke ir daz geriete   345
diu kindesche miete,
iedoch geliebte irz aller meist
von gotes gebe ein süezer geist.
  Ir dienst was sô güetlich.
dô dô der arme Heinrich   350
driu jâr dâ getwelte
unde im got gequelte
mit grôzem jâmer den lîp,
nû saz der meier und sîn wîp
unde ir tohter, diu maget   355
von der ich iu ê hân gesaget,
bî im in ir unmüezekeit
und begunden klagen ir herren leit.

333. 334. *fehlen* B: *vergl. Iw.* 3321 *f.*   335. waz A.   Er koufte
ir waz man veiles v. B.   336. gurtel B.   337. 338. *umgestellt* B.
  337. und swaz] daz B.   sol *Wackernagel*: solte AB.   339. Spiegel
B.   339. ers *Wackernagel*: erz A.   M. d. brachte si iz an d. v. B.
  340. daz er ir also holt w. B.   341. sin gemahel A: niht wan
gemale B.   342. 343. owe wie selten in do liez Die g. mait aleine B.
  345. gerieter A.   Swie sere aber iz ir (im Bᵇ) riete (riet Bᵇ) B.
  346. mieter A.   dise kintliche m. B.   347. So quam ir doch
allermeist B.   348. gabe B.   349. wart also B.   350. *ein dô fehlt*
B.   351. do getwelte A, daz entwelte B.   352. Uñ in g. g. A, got
vil sere quelte B.   353. Mit grozen seren sinen l. B.   354. Nu A:
eines tages B.   356. als uns diz buch hat gesait B.   357. Da bi
an einer mvzecheit B.   358. Unde begunde cl. A, uñ weinten B.

diu klage tet in michel nôt:
wan sî vorhten daz sîn tôt   360
sî sêre solte letzen
und vil gar entsetzen
êren unde guotes
und daz herters muotes
würde ein ander herre.   365
si gedâhten alsô verre
unz dirre selbe bûman
alsus frâgen began. ᴗ
Er sprach 'lieber herre mîn,
möht ez mit iuwern hulden sîn,   370
ich frâgte vil gerne.
sô vil ze Sâlerne
von arzenîen meister ist,
wie kumet daz ir deheines list
ze iuwerme ungesunde   375
niht gerâten kunde?
herre, des wundert mich.'
dô holte der arme Heinrich
tiefen sûft von herzen
mit bitterlîchem smerzen: 380
mit solher riuwe er dô sprach
daz ime der sûft daz wort zerbrach.
'Ich hân disen schemelîchen spot
vil wol gedienet umbe got.

359—364. Daz klaiten si daz tet in not si vorchten daz ires herren
tot Sere begonde si letzen uñ ouch vil lichte entsetzen Von allem irem
gute uñ daz ouch von herterem (herteren *B*ᵃ) mute *B*. 366. si clai-
ten also sere *B*. 367. unz *Wackernagel*: Bitze daz *A*. Daz der
selbe bouman *B*. 368. Alsus *A*: Sinen herren *B*. 369. Er spr.
vil l. h. m. *B*. 371. So vragte ich euch v. g. *B*. 372. so vil so zu
S. *B*. 373. Von arzedie *B*. 374. wie kumet *fehlt*, daz euh ir *B*.
376. nie niht gehelfen k. *B*. 377. Lieber h. *B*. 379. Tieffen sûfzen
A, Einen t. suftz (sunfz *B*ᵃ) *B*: sûft s. zu *Er*. 3027. 380—384. den
iemerlichen smerzen Den wiste er mit den ougen er sprach vreunt daz
ist ane lougen Daz ich disen schemelichen (schentlichen *B*ᵃ) spot habe
verdienet u. g. *B*. 381. solicher *A*. 382. sûfze *A*.

II. v. Aue. Der arme Heinrich.   2

wan dû sæbe wol hie vor   385
daz hôh offen stuont mîn tor
nâch werltlîcher wünne
und daz niemen in sim künne
sînen willen baz hete dan ich:
und was daz doch unmügelich,   390
wan ich enhete niht gar.
dô nam ich sîn vil kleine war
der mir daz selbe wunschleben
von sînen gnâden hete gegeben.
daz herze mir dô alsô stuont   395
als alle werlttôren tuont,
den daz saget ir muot
daz sî êre unde guot
âne got mügen hân.
sus troug ouch mich mîn tumber wân,   400
wan ich in lützel ane sach
von des genâden mir geschach
vil êren unde guotes.
dô dô des hôhen muotes
den hôhen portenære bedrôz,   405
die sælden porte er mir beslôz.
dâ kum ich leider niemer in:
daz verworhte mir mîn tumber sin.
got hât durch râche an mich geleit
ein sus gewante siecheit   410

395. Du weist wol daz hie bevor stunt vil offen min tor Mit man-
cher hande wunne ezn hatte under minem kunne Sinen willen niemen
baz dan ich daz was harte unmugelich Minen willen hatte (hat *B*ᵃ)
ich mit vrowen gar ia (jo *B*ᵃ) nam ich des vil kleine war Der mir ditz
wunschliches leben *B*.   389. hette den ich *A*.   391. niht gar *Wacker-
nagel*: nût vil g. *A*.   394. hette *A*, hat *B*.   395. Do mir min hof
als offen stunt *B*.   396. alle welt toren *A*, aller werlde toren *B*.
397. Den da retet ir tumber m. *B*.   399. Wider g. wollen h. *B*.
400. also betrouc mich *B*.   401—404 *fehlen B*.   404. hôbmuotes?
Do des den hohen got verdroz *B*.   406. der selden pforten *B*.
407. Do kum *A*, Dane kume *B*ᵃ, Donen kum *B*ᵇ.   in *A*: hin *B*.
408. daz verlos *B*.   409. 410. Nu hat got rache an m. g. die
smebelichen siecheit *B*.

die niemen mag erlœsen.
nu versmæhent mich die bœsen,
die biderben ruochent mîn nibt.
swie bœse er ist der mich gesiht,
des bœser muoz ich dannoch sîn: 415
sîn unwert tuot er mir schîn,
er wirfet d'ougen abe mir.
nû schînet êrste an dir
dîn triuwe die dû hâst,
daz dû mich siechen bî dir lâst   420
und von mir niht enfliuhest.
swie dû mich niht enschiuhest,
swie ich niemen liep sî danne dir,
swie vil dîns heiles stê an mir,
du vertrüegest doch wol mînen tôt.   425
nû wes unwert und wes nôt
wart ie zer werlte merre?
hie vor was ich dîn herre
und bin dîn dürftige nû.
mîn lieber friunt, nû koufest dû   430
und mîn gemahel und dîn wîp
an mir den êwigen lîp
daz dû mich siechen bî dir lâst.
des dû mich gefrâget hâst,
daz sage ich dir vil gerne.   435
ich kunde ze Sâlerne

411. Die nieman von mir mag erl. *A*. 412. versmahent *A*. Nu
versmahe ich den b. *B*. 413. ruochen *A*. Die frumen gern m.
n. *B*. 414. Wie kranc er *B*. 416—419. alrerst nu lestu (lesestu
*B*ᵃ) werden schin Die grozen trewe die du hast *B*. 417. Er wurfet
die ougen *A*. 419. Dine *A*. 420. hast *B*. 421—425. Wie wenic
du mich vleuhest wie lutzel du mich scheuhest Wie gerne daz ich si
bi dir wie vil dines dinges stet an mir So uber sehstu doch wol m.
t. *B*. 423. Uñ swie — dan dir *A*. 424. Swie dines heiles *A*.
426. wes unwerde (*ohne* nu) *B*. 427. wart zur (zu der *B*ᵇ) werlde
grozer mere *B*. 429. Din durftige so bin ich nu *B*. 430. vil lieber
vr. *B*. 431. *das erste* und *fehlt B*. 433. mir *B*ᵇ. 436. Ichn
konde *B*, Ich kam *A*.

keinen meister vinden
der sich mîn underwinden
getörste oder wolte.
wan dâ mite ich solte   440
mîner sühte genesen,
daz müeste ein solch sache wesen
die in der werlte nieman
mit nihte gewinnen kan.
mir wart niht anders dâ gesaget   445
wan ich müeste haben eine maget
diu vollen êrbære
und ouch des willen wære
daz sî den tôt durch mich lite
und man sî zuo dem herzen snite,   450
und mir wære niht anders guot
wan von ir herzen daz bluot.
nû ist genuoc unmügelich
daz ir deheiniu durch mich
gerne lîde den tôt.   455
des muoz ich schemelîche nôt
tragen unz an mîn ende.
daz mirz got schiere sende!'
  Daz er dem vater hete gesagt,
daz erhôrte ouch diu reine magt: 460
wan ez hete diu vil süeze

437. Einen meister nirgen vinden *B*, Do kunde ich kein meister
v. *A: verbessert von Lachmann.* 439. Torste *B.* 440. Wan do —
solte *A*, mit der genist der ich s. *B.* 441. An miner suche g. *B.*
  442. Daz muoste eine soliche *A*, daz muz ein sulche (sulchen *B*ᵇ)
B. 443. Daz si in der werlde dehein (kein *B*ᵇ) m. *B.* 444. Mit
keiner habe erwerben k. *B.* 445. n. a. do g. *A*, anders niht gesait *B.*
  446. Wan daz ich m. han eine m. *A*, ich solde haben eine mait *B.*
  447. 448. Die in dem willen were daz si niht verbere *B.* 447. Die
volle manbere *A: vergl.* 225. 449. durch mich *A:* gerne *B.* 450. daz
man si zwischen iren brusten snite *B.* 451. 452 *fehlen B.* 453. Nu
were daz unm. *B.* 454. daz immer keine (debeine *B*ᵃ) *B.* 456. ich
schentliche *A*, ich dise schemeliche *B.* 457. biz *B.* 458. mir g.
sch. gesende *B*. 459. dem vater *A*: sime mayer *B.* hatte *AB.*
  460. daz hort ir (die *B*ᵇ) tochter die mait *B.* 461. Do hatte *B.*

ir lieben herren füeze
stânde in ir schôzen.
man möhte wol genôzen
ir kintlîch gemüete 465
hin ze der engel güete.
sîner rede nam sî war
unde marhte sî ouch gar:
si enkam von ir herzen nie
unz man des nahtes slâfen gie. 470
dô sî zir vater füezen lac
und ouch ir muoter, sô sî pflac,
und sî beide entsliefen,
manegen sûft tiefen
holte sî von herzen. 475
umbe ir herren smerzen
wart ir riuwe alsô grôz
daz ir ougen regen begôz
der slâfenden füeze.
sus erwahte sî diu süeze. 480
Dô sî der trehene enpfunden,
si erwachten und begunden
sî frâgen waz ir wære
und welher hande swære
sî alsô stille möhte klagen. 485
nu enwolte sî es in niht sagen.
und dô ir vater aber tete

462. Ires siechen h. f. B.   463. Sten uf irem schoze B.   464. Men
A.   waz mochte sich genoze(-n B^b) B.   465. Zu irem kintlichen
(-m B^a) g. B.   466. wen aller engel g. B.   467—469. Dise rede
merkete sie gar uñ nam ir in irem herzen war Daz siez (sie iz B^a)
uz irem herzen nie gelie B.   468. Uñ merkete A.   470. Bitze man
A, biz sie B.   471. Zu irs vater fuzen do sie lac B.   472. uñ zu
irre m. als s. pfl. B.   473. Do s. b. sliefen B.   474. súfzen A,
sunfz B.   476—480. den iemerlichen smerzen Wiste sie mit den
ougen daz was ane lougen Ir iamer daz wart also groz daz ir der
ougen r. vloz Uf der sl. vuzen do erwachten die suzen B. vergl. zu
380—384.   480. sî die brüder Grimm: fehlt A.   481. entstunden B.
482, 483. vragen sie begunden (begonden B^a) Waz ir geschehen
w. B.   484. oder w. B.   485—489. Sie also tougen (touge B^a)

vil manege drô unde bete
daz sî ez ime wolte sagen,
sî sprach ʻir möhtent mit mir klagen.   490
waz möht uns mê gewerren
danne umb unsern herren,
daz wir den suln verliesen
und mit ime verkiesen
beide guot und êre?   495
wir gewinnen niemer mêre
deheinen herren alsô guot
der uns tuo daz er uns tuot.ʼ
      Sî sprâchen ʻtohter, dû hâst wâr.
nû frumet uns leider niht ein hâr   500
unser riuwe und dîn klage:
liebez kint, dâ von gedage.
ez ist uns alsô leit sô dir.
leider nû enmuge wir
ime ze keinen staten komen.   505
got der hât in uns benomen:
het ez iemen anders getân,
der müese unsern fluoch hân.ʼ
      Alsus gesweigeten sî sî dô.
die naht bleip sî unfrô   510
und morne allen den tac.
swes iemen anders gepflac,
diz enkam von ir herzen nie

klagete owe wie ungerne sie iz sagete Wan daz ir der vater tet beide
mit trewe uñ mit bet Daz sie iz in muste sagen *B.*   489. es eime *A.*
490. moehten *A*, mocht (mochtet *Bᵃ*) wol *B.*   klagen *B*: leit-
clagen *A.*   491. Waz kan uns gewerren mere *B.*   492. Den umbe
A, wen umb *B.*   493. Sul (Schulle *Bᵇ*) wir den verkiesen *B.*   494. Unde
mit eime verk. *A*, uñ ouch mit im verliesen *B.*   496. Ja (Jo *Bᵃ*)
gewinne wir nimmer m. *B.*   499. hest *A.*   500. 501. nu enist uns
niht als umb ein har Unser weinen uñ unser klage *B.*   503. alse
(*fehlt Bᵇ*) leit alse (als *Bᵇ*) d. *B.*   504. enkunne *B.*   505. Im zu
st. niht k. *B.*   507. Uñ hete es ieman anders g. *A*, Hette *Bᵃ*) iz an-
ders ieman g. *B.*   509. Da mite wart si gesweiget do *B.*   511. Biz
an den andern t. *B.*   512. Swas ieman a. pfl. *A*, swez aber ieman
pfl. *B.*   513—518. So (Do *Bᵇ*) quam iz ir uz dem herzen nie biz

unz man des andern nahtes gie
sláfen nách gewonheit.   515
dô sî sich hete geleit
an ir alte bettestat,
sî bereite aber ein bat
mit weinenden ougen:
wan sî truoc tougen   520
nâhe in ir gemütete
die aller meisten güete
die ich von kinde ie vernam.
welch kint getete ouch ie alsam?
des einen sî sich gar bewac,   525
gelebetes morne den tac,
daz sî benamen ir leben
umbe ir herren wolte geben.
Von dem gedanke wart sî dô
vil ringes muotes unde frô,   530
und hete deheine sorge mê,
wan ein vorhte tete ir wê,
sô siz ir herren sagte,
daz er dar an verzagte,
und swenne siz in allen drin   535
getæte kunt, daz sî an in
der gehenge niht enfunde
daz mans ir iht gunde.
Des wart sô grôz ir ungehabe

daz si aber slafen gie Des nahtes nach gewonheit si hatte ir aber ein
bat bereit B.   514. Bitze men A.   520. si truc also tougen B.
        521. Nehest irem g. B.   522. alre meiste A, alwersten B^b, alber-
sten B^a.   523. Die ie dehein (kein B^b) man ie vernam B.   524. wa
getet ie k. a. B.   525. Wan si sich gar des erwac B.   verwag A :
doch s. zu Erec 2955.   526. Gelebete sú m. d. t. A, g. si den andern
t. B.   527. binamen A, sazehant B^b, sanzvhant B^a.   528. vor B.
        529. den gedanke (den gedanken?) A, dem gedinge B.   530. vil
fehlt B.   muotes unfro A?   531. d. swere me B.   532. w. eine
vorhte die tet A, w. eine klage die tet B.   533—539. Iz was ir groste
sorgen (sorge B^a) wan siez an dem (den B^b) morgen Irem herren sagete
sie vorhte daz er verzagete So siez (sie iz B^a) in allen tete kunt daz

daz ir vater dar abe   540
unde ir muoter wart erwabt
als ouch an der vordern naht.
sî ribten sich ûf zuo ir
und sprâchen 'sich, waz wirret dir?
dû bist vil alwære   545
daz dû dich sô manege swære
von solber klage hâst an genomen
der niemen mac zeim ende komen.
war umbe lâstû uns niht slâfen?'
sus begunden sî sî strâfen: 550
waz ir diu klage töhte,
die niemen doch enmöhte
verenden noch gebüezen?
sus wânden sî die süezen
gesweigen an der selben stunt: 555
dô was ir wille in vil unkunt.
    Sus antwurte in diu maget.
'als uns mîn herre hât gesaget,
sô mac man in vil wol ernern.
zewâre, ir welt mirz danne wern,   560
sô bin ich ze der arzenîe guot.
ich bin ein maget und hân den muot,
ê ich in sihe verderben,
ich wil ê für in sterben.'
    Von dirre rede wurden dô   565

si an der selben stunt Der state niht enfunde des wart an der stunde
Also groz ir ungehabe B.   540. muter B.   541. vater B.   542. ouch
fehlt B.   voerder A.   544. si spr. se waz w. d. B.   546. dich
Wackernagel: dir B, fehlt A.   547. In din klage hast genumen B.
    548. zelm Wackernagel: zem A, zu B.   549. lestu Bᵇ, lezentu Bᵃ.
550. sl die mait B.   551. rede B.   552. doch fehlt B.   553. Er
wenden Bᵇ, Ir wenden Bᵃ.   555. Haben gesweiget an der st. B.
556. ir wille was in vil unk. B.   557. Des antwort in die schone
mait B.   559. Den traw ich harte wol ernern B.   560. Irn wollet
mir iz B.   561 nach 562 B.   ze der Wackernagel: zuo sinre A.
    zu siner arzedie bin ich gut B.   563. Er Bᵃ.   liezze B.
564. ich wolde e vor B.   565. Von dirre reden wurden sú do A, Von
dem gedanken wurden do B.

trûric unde unfrô
beide muoter unde vater.
sîne tohter die bater
daz sî die rede lieze
unde ir herren gehieze 570
daz sî geleisten möhte,
wand ir diz niht entöhte.
'Tohter, dû bist ein kint
und dîne triuwe die sint
ze grôz an disen dingen. 575
du enmaht es niht für bringen
als dû uns hie hâst verjehen.
dû hâst des tôdes niht gesehen.
swenn ez dir kumet ûf die frist
daz des dehein rât ist, 580
dû enmüezest sterben,
und möhtest duz erwerben,
dû lebetest gerner dannoch:
wan dun kœme nie in leider loch.
dâ von tuo zuo dînen munt: 585
und wirstû für dise stunt
der rede iemer mêre lût,
ez gât dir ûf dîne hût.'
Alsus sô wânde er sî dô
bêdiu mit bete und mit drô 590

566. trûric unde *Wackernagel*: Trurig beide uñ *A*, beide truric
und *B*.   567. Ir muter uñ ir v. *B*.   570. herren daz geh. *B*: s. zu
Er. 3259.   573. Er sprach dohter (t. *B*) *AB*.   574. die rewe dine
die sint *B*.   576. es nút fúr *A*, sin (sie *Bᵇ*) niht vol *B*.   577. 578.
Der toten ist so senfte niht als dir din tumber wan vergiht *B*.   579. dir
fehlt B.   ûf] an *B*.   580. daz sin niht lenger r. ist *B*.   581. Dunen
m. ersterben *B*.   582. Uñ möhtest du denne erw. *A*, Mohtest du dan
(dannen *Bᵇ*) erw. *B*.   583. Daz du lebetes dennoch *B*.   584. nie
in *Wackernagel*: in nie *A*.   Du queme nie in leit noch *B*.   'swer
dar in komt, der ist in leidez hol geschoben *Marner* 91 d (2,253' *Hag.*)'
Lachmann.   585. dâ von *fehlt B*.   586—588. daz du sin nach dirre
stunt Nimmer mere werdest lut oder iz gat dir uf d. h. *B*.   588. uffe
A.   589. Hie wante er sie do *B*.   590. Bede *A*, beide *B*.

gesweigen: dô enmohter.
sus antwurt ime sîn tohter.
'Vater mîn, swie tump ich sî,
mir wonet iedoch diu witze bî
daz ich von sage wol die nôt   595
erkenne daz des lîbes tôt
ist starc unde strenge.
swer ouch dann die lenge
mit arbeiten leben sol,
dem ist iedoch niht ze wol.   600
wan swenne er hie geringet
und ûf sîn alter bringet
den lîp mit michelre nôt,
sô muoz er lîden doch den tôt.
ist ime diu sêle danne verlorn,   605
sô wære er bezzer ungeborn.
ez ist mir komen ûf daz zil,
des ich got iemer loben wil,
daz ich den jungen lîp mac geben
um daz êwige leben.   610
nû sult ir mirz niht leiden.
ich wil mir unde iu beiden
vil harte wol mite varn.
ich mag iuch eine wol bewarn
vor schaden und vor leide,   615
als ich iu nû bescheide.

591. Gesweiget han donen m. er *B.*   592. des antworte im die
t. *B.*   593. Si sprach vater wie t. ich si *B.*   594. so wont mir
doch *B.*   595. Daz ir mir sait von dirre not *B.*   596. Ich weiz
wol daz *B.*   598. ouch denne *A,* aber dan *B.*   599. Mit unge-
mache *B.*   600. iedoch niht so wol *A,* ouch niht ze wol *B.*
601. Wanne swen er hie g. *A,* Swer so dar niht ringet *B.*   602. daz
er uf den alter br. *B.*   604. so m. er doch ligen tot *B.*   605. Un
hat er dan die sele v. *B.*   606. er *A:* im *B.*   *nach* 606 Daz truwe
(trawe *Bᵃ*) ich eine wol bewarn uñ als tumbe baz gevarn *B.*   607. uf
ein zil *B.*   608. daz ich sîn got loben wil *B.*   609. d. i. d. kurzen
l. m. gegeben *B.*   610. Umbe *ABᵇ,* umb *Bᵃ.*   611. Daz enschult
ir mir n. l. *B.*   613. vil *fehlt B.*   mit *B,* do mitte *A.*   614. ich
traw iz eine w. b. *B.*   616. nû *fehlt B.*

ir hânt êre unde guot:
daz meinet mînes herren muot,
wan er iu leit nie gesprach
und ouch daz guot nie abe gebrach.   620
die wîle daz er leben sol
sô stêt iuwer sache wol:
und lâze wir den sterben,
sô müezen wir verderben.
den wil ich uns fristen   625
mit alsô schœnen listen
dâ mite wir alle sîn genesen.
nû gunnet mirs, wan ez muoz wesen.'
Diu muoter weinende sprach,
dô sî der tohter ernst ersach,   630
'gedenke, tohter, liebez kint,
wie grôz die arbeite sint
die ich durch dich erliten hân,
und lâ mich bezzern lôn enpfân
dan ich dich hœre sprechen.   635
dû wilt mîn herze brechen.
senfte mir der rede ein teil.
jâ wiltû allez dîn heil
an uns verwürken wider got.
wan gedenkest dû an sîn gebot?   640
jâ gebôt er unde bater
daz man muoter unde vater
minne und êre biete,
und geheizet daz ze miete
daz der sêle rât werde   645

617. Wir haben *B*.   618. herzen *B*.   619. uns nie leit *B*.
620. ouch *A*: uns *B*.   niht abe brach *Bᵃ*.   621. daz er *A*: er
uns *B*.   622. unser *B*.   623. Liez wir in (uns *Bᵇ*) erst. *B*.
624. muste *B*.   626. guten *B*.   630. kindes ernst sach *B*.   631. Ge-
denket *Bᵇ*.   634. laz mich ein bezzer l. e. *B*.   636. min *B*: mir
min *A*.   638. jâ w. *Wackernagel*: Ioch w. *A*.   du wilt *B*.   639. An
mir v. bin ze g. *B*.   640. wan *fehlt B*.   641. Ja *Bᵇ*: Jo *Bᵃ*, Ioch
A.   er *fehlt B*.   643. Ere (Ern *Bᵇ*) sulle erbiete (-n *Bᵇ*) *B*.   644. zu
mieten *Bᵇ*.   645. selen *A*.   Daz iz der sele genist w. *B*.

und lancleben ûf der erde.
dû gihst dû wellest dîn leben
umb unser beider fröude geben:
dû wilt zewâre uns beiden
daz leben vaste leiden.   650
wan daz dîn vater unde ouch ich
gerne leben, daz ist durch dich.
jâ soltû, liebiu tohter mîn,
unser beider frönde sîn,
gar unsers lîbes wünne,   655
ein bluome in dîme künne,
unsers alters ein stap.
und lâst uns über dîn grap
gestên von dînen schulden,
dû muost von gotes hulden   660
iemer sîn gescheiden:
daz koufest an uns beiden.'
'Muoter, ich getrûwe dir
und mînem vater her ze mir
aller der genâden wol   665

646. Uñ lange leben *A*, uñ ein lanch leben *B*.   647. Du gihst *B*:
Du sprichest *A*.   648. beide *A*, zweier *B*.   649. Do mite wiltu uns
b. *B*.   650. sere *B*.   651. wan *und* ouch *fehlen B*.   652. lebent *A*.
653. jâ soltû *Wackernagel*: Ioch soltu *A*, Du solt *B*.   654. beide
B.   *nach* 654 Unser liebe ane leide unser liecht der ougen weide *B*.
655. Unser herzen w. *B*.   656. under dinem *B*.   658. Unde
laz uns *A*, lestu uns *B*.   659. Sten *B*.   660. so bist du v. g. h. *B*.
661. Immer me g. *B*.   662. daz verdienst du *B*.   *Nach* 662
Wiltu uns tochter wesen gut so soltu die rede und ouch den mut
Durch unsers herren hulde lan die ich von dir vernumen han *B*.
663. Sû (Si *B⁰*, Sie *B⁰*) sprach m. *AB*.   664. minen *A (B⁰?)*, minne *B⁰*.

646—662 *fgg*. vñ lanc lip vf d⁶ erde. dv iehest dv welleſt
              din leben. dvrch vnſer beid⁶ frowede
              geben. dv wilt iedoch vnſ beiden. dc
              leben vaſte leiden. dc din vat⁶ vñ ich g'ne
              leben dc iſt dv (....) ich. waz ſcholte vnſ
              lip vñ gvt. waz ſcholte vnſ werltlich
              mvt. ſwenne wir din enbæren. dvne *C* 1ᵃ.
       Nach 662 weſen gvt. so ſcholt dv rede vñ den mvt *C* 2ᵃ.

der vater unde muoter sol
leisten ir kinde,
als ich ez wol bevinde
an iu allertegelich.
von iuwern gnâden hân ich 670
die sêle und einen schœnen lîp.
mich lobet man unde wîp,
und alle die mich sehende sint
sprechent ich sî daz schœnste kint
daz sî zer werlte haben gesehen. 675
wem solt ich der genâden jehen
mê dan iu zwein nâch gote?
des ich nâch iuwerm gebote
iemer sol vil gerne stân:
wie michel reht ich dar zuo hân! 680
muoter, sæligez wîp,
sît ich nû sêle unde lîp
von iuwern genâden hân,

667. irme *A*, eime *B*ª, einem *B*ᵇ.　668. daz wol ervinde *B*.
669. Von euch beiden a. t. *B*.　670. von gotes genaden habe ich *B*.
671. die *fehlt B*.　674. *besser* jehent? *ohne verbum*-daz ich si
daz sch. k. *B*.　675. zer welte hant *A*, ie haben *B*.　676. Wen
solt *A*, wem sol *B*.　677. Wan euch beiden nehst g. *B*.　678—680.
Ich wil vz (zu *B*ᵇ) sinem gebote Nimmer kumen wil iz got wan iz ist
selber sin gebot Ich dulde iz ane rewe (rede *B*ᵇ) Ich wil ouch meiner
trewe An mir selben niht vergezzen iz ist also gemezzen Swer einen
andern (a. *fehlt B*ᵇ) so gevrewet hat daz er selbe unvro stat Daz er
einen andern kronet uñ sich selben honet Der trewe der si gar ze vil
durch recht ich evh des volgen wil Daz ich euch trewe leiste uñ mir
selber (-n *B*ª) aller meiste *B. vergl.* 813—830.　678. der sol ich
und 679 Iemer me vil *A: verbessert von Lachmann.*　680. dˢ zuo *A*.
681. M. vil a. w. *B*.　682. nu ich *B*.　683. Von ewer zweier g. h. *B*.

671—680. ſele vñ einen ſchonen lip. mich lobet man
vñ wip. alle die mich ſehende ſint. ich ſi
dc ſchoneſte kint. de ſie zir lebene haben
geſehen. wem ſcholte (..) dˢ gnaden iehen.
niewan iv zwein n(...) gote. deſ ſchol
ich ze ivwerem gebote. ieñ vil gˢne
ſtan. wie michel reht ich deſ han *C* 1ᵇ.

sô lântz an iuwern hulden stân
daz ich ouch die beide   685
von dem tiuvel scheide
und mich gote müeze geben.
jâ ist dirre werlte leben
niuwan der sêle verlust.
ouch hât mich werltlîch gelust   690
unz her noch niht berüeret,
der hin zer helle füeret.
nû wil ich gote genâde sagen
daz er in mînen jungen tagen
mir die sinne hât gegeben   695
daz ich ûf diz brœde leben
ahte harte kleine.
ich wil mich alsus reine
antwürten in gotes gewalt.
ich fürhte, solt ich werden alt,   700
daz mich der werlte süeze
zuhte under füeze,
als sî vil manegen hât gezogen
den ouch ir süeze hât betrogen:
sô wurde ich lîhte gote entsaget.   705
gote müeze ez sîn geklaget
daz ich unz morne leben sol:
mir behaget diu werlt niht sô wol.

684. So lant es an uwern *A*, lat mich in gotes *B*.   685. Daz
ich si muzze beide *B*.   686. scheiden *B^b*.   687. Uñ si zu himele
m. g. *B*.   688. jà *Wackernagel*: Ioch *A*.   dirre kranken werlde
leben *B*.   689. Nuwent *A*, Daz ist *B*.   690. hette *A*.   ja nu hat
mich der gelust *B*.   691. Unze her *A*, *fehlt B*.   692. hin zer hellen
A, zu der helle *B*.   693. Des *B*.   694. daz er mir in *B*.   695. Wol
die witze *B*.   700. Ich voerhte solt ich w. a. *A*, Ich furchte uñ wurde
ich a. *B*.   702. gezuckete *B*.   u. die f. *AB*: *vergl.* 88.   704. der
zu der helle wirt betrogen (getrogen *B^b*) *B*.   706. den muz ez immer
sin g. *B*.   707. unze morne *A*, biz morgen *B*.   708. dise werlt ge-
vellet mir niht wol *B*.

694. 695. in minen ivngen tagen.   mir die sinne *C* 2^b.

ir meiste liep ist herzeleit
(daz sî iu für wâr geseit), 710
ir süezer lôn ein bitter nôt,
ir lancleben ein gæher tôt.
wir hân niht gewisses mê
wan hiute wol und morne wê
und ie ze jungest der tôt. 715
daz ist ein jæmerlîchiu nôt.
ez enschirmet burt noch guot,
schœne, sterke, hôher muot,
ez enfrumt tugent noch êre
für den tôt niht mêre 720
dann ungeburt und untugent.
unser leben und unser jugent
ist ein nebel unde ein stoup,
unser stæte bibent als ein loup.
er ist ein vil verschaffen gouch 725
der gerne in sich vazzt den rouch,
ez sî wîp oder man,
der diz niht wol bedenken kan
und ouch der werlt nâch volgendist.
wan uns ist über den fûlen mist 730
der pfeller hie gespreitet:
swen nû der blic verleitet,
der ist zuo der helle geborn

709. 710. Ir gemach ist michel arbeit ir meistez liep ein herzcu
leit *B.* 709. ist] ir *A?* 711. suezez *B.* 712. ein bitter tot *A*, ist der
gebe tot *B.* 713. Nu enhabe wir n. *B.* 714. dan (danne *Bᵇ*) — mor-
gen we *B.* 715. Uñ doch ze jungest tot *B.* 716. eine *A.* muter daz
ist eine groze n. *B.* 717. Nu enstet geburt uñ noch daz (daz *fehlt*
Bᵃ) g. *B.* geburt *auch A: s. zu Erec* 7703. 718. sterke noch
hoher *A*, sterke wiser *B.* 719. Es enfrumet weder t. noch e. *A*, Nu
envrumet (enfuret *Bᵇ*) t. uñ e. *B.* 720. vor *B.* 721. Den *A*, Din
B. 723. roup *A.* Daz ist ein leben uñ ist ein stoup *B.* 724. bibet
B. 725. 726. Wir sin (sind *Bᵇ*) ein nebel uñ ein rouch er ist ein
verschaffener gouch *B.* 728. der (des *Bᵇ*) sich des (der *Bᵇ*) niht
versinnen kan *B.* 729. Uñ ouch der welte n. volgende ist *A*, Uñ
dirre werlde volgende ist *B.* 730. Ja (Jo *Bᵃ*) ist uns *B.* 731. pfellor
A. Der pfellel gebreitet *B.* 732. nû *fehlt B.* 733. hellen *A.*

unde enhât niht mê verlorn
wan beidiu sêle unde lîp.　　　　　　　735
nu gedenkent, sæligez wîp,
müeterlîcher triuwe
und senftent iuwer riuwe
die ir dâ habent umbe mich:
so bedenket ouch der vater sich.　　　740
ich weiz wol daz er mir heiles gan.
er ist ein alsô biderber man
daz er erkennet wol daz ir
unlange doch mit mir
iuwer fröude mügent hân,　　　　　　745
ob ich joch lebende bestân.
belîbe ich âne man bî iu
zwei jâr oder driu,
sô ist mîn herre lîhte tôt,
und kument in sô grôze nôt　　　　　　750
vil lîhte von armuot
daz ir mir alsolhez guot
zeinem man niht mugent geben,
ich enmüeze alse swache leben
daz ich iu lieber wære tôt.　　　　　　755
nû verswîg wir abe der nôt,
daz uns niht enwerre
und uns mîn lieber herre

734. enhet niht me *A*, enhat anders niht *B*.　735. w. die s. uñ
den l. *B*.　　736. 737. muter vil seligez wip Gedenket an muterliche
trewe *B*.　739. dâ] do *A*, *fehlt B*.　740. so versinnet ouch min v.
s. *B*.　741. 742. Der ist ein also wiser (wise *Bᵇ*) man daz er selden
vil wol gan *B*.　741 *s. zu Er. s.* 346.　742. bider *A*.　743—747. Nu
wizzet ir wol daz ir ewer vreude mit mir Nibt lenger muget gehan ob
ich lebendic bestan Ein wenic lenger bi eu (biu *Bᵃ*) *B*.　747. Blib *A*.
749. so i. min lieber h. t. *B*.　750. so kume wir in *B*.　751. Daz
uns besweret wirt der muot *B*.　752. uñ daz ir dan so groz g. *B*.
753. manne *A*. mûgen *A*. Mit mir niht muget gegeben *B*.　754. alse
swache *A*: lichte wirs *B*.　755. Daz euch lieber wer were ich t. *B*.
756. Nu verswigen wûr aber d. n. *A*, Nu swige wir dirre grozen
n. *B*.　757. Daz die uns icht werre sere *B*.　758. *fehlt A*.

were und alsô lange lebe
unz daz man mich zeim manne gebe   760
der rîche sî unde wert:
sô ist geschehen des ir dâ gert
und wænent mir sî wol geschehen.
anders hât mir mîn muot verjehen.
wirt er mir liep, daz ist ein nôt: 765
wirt er mir leit, daz ist der tôt.
wan sô hân ich iemer leit
und bin mit ganzer arbeit
gescheiden von gemache
mit maneger hande sache   770
diu den wîben wirret
und sî ze fröuden irret.
nû setzt mich in den vollen rât
der dâ niemer zergât.
mîn gert ein frîer bûman   775
dem ich wol mînes lîbes gan.
zwâre dem sult ir mich geben,
sô ist geschaffet wol mîn leben.
im gêt sîn pfluoc harte wol,
sîn hof ist alles râtes vol,   780
da enstirbet ros noch daz rint,
da enmüent diu weinenden kint,
da enist ze beiz noch ze kalt,
dâ wirt von jâren niemen alt,

759. Also lange mûze leben *B.*   760. Unze — zuo ein m. g. *A,*
daz ir mich einem manne muget geben *B.*   761. Der mir si rich *B.*
762. des ir beide g. *B.*   763. So went ir mir *B.*   765. mir
fehlt A.   767. So han ich immer mere l. *B.*   768. mit mancher
a. *B.*   770. un lebe in sulcher sache *B.*   771. Daz mancher vro-
wen w. *B.*   772. zuo *A,* an *B.*   *nach* 772 Nu bin ich uch vil treute
(traute *Bª*) vil seligen leute Daz keret mir zu gute un gevart nach
minem mute *B.*   773. Nu setzent *A,* Setzet *B.*   775. richer *B.*
776. wol *fehlt B.*   778. so ist wol bestat m. l. *B.*   779. Des
pfl. get eben un wol *B.*   781. Do entst. weder ros n. d. r. *A,* Da
en mevt (Donen muet *Bᵇ*) ros noch (noch die *Bᵇ*) rint *B.*   782. Do
enmúgent *A,* Noch *B.*   783. Do en ist weder zeheis *A,* Den (Din *Bª*)
ist ze heiz *B.*   784. da enw. (donen w. *Bᵇ*) der iare *B.*

der alte wirt junger,   785
da enist frost noch hunger,
da enist deheiner slahte leit,
da ist ganziu fröude ân arbeit.
ze dem wil ich mich ziehen
und solhen bû fliehen   790
den daz fiur unde der hagel sleht
und der wâc abe tweht,
mit dem man ringet unde ie ranc.
swaz man daz jâr alse lanc
dar ûf gearbeiten mac,   795
daz verliuset schiere ein halber tac.
den bû den wil ich lâzen:
er sî von mir verwâzen.
ir minnent mich: deist billich.
nû sihe ich gerne daz mich   800
iwer minne iht unminne.
ob ir iuch rehter sinne
an mir verstân kunnent
und ob ir mir gunnent
guotes unde êren,   805
sô lâzet mich kêren
ze unserm herren Jêsû Krist,
des gnâde alsô stæte ist
daz sî niemer zergât,
unde ouch zuo mir armen hât   810
alsô grôze minne
als zeiner küniginne.

785. Der alt ist der w. j. *A.*   786. do en (donen *B^b*) ist weder
durst n. h. *B.*   787. 788. Don ist weder haz noch nit Niht wan meyen
weter ze aller zit Da en (Donen *B^b*) ist deheiner (keine *B^b*) slachte
arebeit Niht wan groze liebe ane leit *B.*   790. uñ wil den bu vl. *B.*
791. daz f. *A*: der schvre *B^a*, der schwer *B^b*.   793—795. Swaz
der man ie geranc daz iar (ia *B^b*) daz ist in so lanc Waz er gearbei-
ten mac *B.*   796. Daz verlúret sch. *A*, daz nimet vil lihte *B.*
798. der *B.*   799—805 *fehlen B.*   799. das ist *A.*   805. Beide g. unde
e. *A.*   806. 807. Ich wil mich balden (*B^b fügt hinzu* und wil erbalden)
an (An *B^b*) unsern herren Jesum crist *B.*   810. uñ daz er zu m. *B.*
811. gute *B^a*, guter *B^b*.   812. so zu einer richen (richen *fehlt B^b*) k. *B.*

ich sol von mînen schulden
ûz iuwern hulden
niemer komen, wil ez got. 815
ez ist gewisse sîn gebot
daz ich iu sî undertân,
wan ich den lîp von iu hân:
daz leist ich âne riuwe.
ouch sol ich mîne triuwe 820
an mir selber niht brechen.
ich hôrte ie daz sprechen,
swer den andern fröuwet sô
daz er selbe wirt unfrô,
und swer den andern krœnet 825
und sich selben hœnet,
der triuwen ist ein teil ze vil.
gerne ich iu des volgen wil
daz ich iu triuwe leiste,
und mir selber doch die meiste. 830
welt ir mir wenden mîn heil,
sô lâz ich iuch vil lîhte ein teil
ê nâch mir geweinen,
ich enwelle mir erscheinen
wes ich mir selber schuldic bin. 835
ich wil iemer dâ bin
da ich ganze fröude vinde.
ir hânt doch mê kinde:

813—830 *fehlen B.* 824. selber *A.* 826. selber *A?* 831. Went
ir m. w. *A*, Wolt ir erwenden mir *B.* 832. zwar ich laz euch ein
t. *B.* 833. weinen *B.* 834. ich wil mir bescheinen *B.* 835. Des *B.*
_._836. zwar ich wil ie dar hin *B.* 837. volle *B.* 838. noch
mer *B.*

827—838. wen ſi ôch ze vil. wie g'ne ich iv def volgen
wil. dc ich iv trivwe leiſte. mir ſelber doch
die meiſte. welt (.....) wenden min heil.
ſo laze ich ivch ein (...) l. ê nach mir ge.
weinen. ich enwelle mir erſcheinen.
weſ ich mir ſchuldic bin. ich wil iemer da ˊ
hin. da ich volle frôwede vinde. ir habet ôch *C* 3ᵃ.

3*

diu lânt iuwer fröude sîn
und getrœstent ir iuch mîn.   840
wan mir mac daz nieman erwern
zwâre, ich enwelle ernern
mînen herren unde mich.
muoter, jâ hôrte ich dich
klagen unde sprechen ê,   845
ez tæte dîme herzen wê,
soltest dû ob mîme grabe stân.
des wirst dû harte wol erlân:
dû stâst ob mîme grabe niht.
wan dâ mir der tôt geschiht,   850
daz enlât dich niemen sehen:
ez sol ze Sâlerne geschehen.
des tôdes des genese wir,
und ich doch verre baz dan ir.'
Dô sî daz kint dô sâhen   855
ze dem tôde sô gâhen,
und ez sô wîslîchen sprach
unde menschlich reht zerbrach,
si begunden ahten under'in
daz die wîsheit und den sin   860

840. durch got getrostet euch min B.   nach 840 Der kurzen
vrist uñ der zit die also schiere gelit Morgen hilfet uns min got uz
von aller slachte not Des todes genese wir uñ ich verre baz dan ir B.
vergl. 853 f.   841. Izn kan mir B.   842. Ich enwelle wol e. B.
844. jâ horte ich Wackernagel: ioch horte ich A, ich horte B.
847. Soltestu obe A, Soldestu ob Bª.   848. du wirdest sin vil
wol e. B.   850. dort do mir der t. g. B.   nach 852 Do sol uns
viere der tot loesen Von der hellen und von den geisten boesen A:
getilgt von Lachmann.   853. 854. fehlen hier in B, vergl. zu 840.
855. kint sahen B.   856. nach B.   sa A, also B.   857. wis-
liche A, wizlichen Bª, wizzelichen Bᵇ.   858. uñ menschliche r.
brach B.   860. daz den wistum B.

850—852 fg. dˢ tot gefchiht. dc enlat dich niman
fehen. ez fchol ze falerne gefchehen. da fchol C 4ª.

niemêr erzeigen kunde
kein zunge in kindes munde.
sî sprâchen daz der heilic geist
der rede wære ir volleist,
der ouch sent Niklauses pflac 865
dô er in der wagen lac
und in die wîsheit lêrte
daz er ze gote kêrte
sîne kintlîche güete:
unde dâhten in ir gmtlete 870
daz sî sî niht enwolden
noch wenden ensolden
des sî sich hete an genomen:
der wille si ir von gote komen.
von jâmer erkalte in der lîp, 875
dô der meier und sîn wîp
an dem bette sâzen
und vil gar vergâzen
durch des kindes minne
der zungen und der sinne 880

861. Nicht vol (wol B^b) brengen k. B. 862. dehein B^a, deheine
B^b. in B: von A. 563. iahen B^a, sahen B^b. heilige AB.
864. were der rede v. B. 865. scen niclaweses A, sente Niclaus B^b,
sente Nycolaus B^a. $S. Lachmann$ zu Iw. 901. 866. in siner wigen
l. B. 867 larte: 868 karte B. 569. Sine k. g. A, Sine k. gemute B.
870. gemuete A. si bedahten sich in irre gute B. 871 Ein
si $fehlt AB$. 872. Sú w. noch ens. A. weren $B. s.$ zu $Erec$ 5812.
873. Daz B. 874. Ir were der sin (sinne noch B^b) von g. k. B.
875. Vor B. erkaltet A. 576. Do der meige A, daz der meyer B.
877. An den A, In dem B. 878. also daz si verg. B.
879. 880. $umgestellt$ B. 880. zunge B^b.

881—871 den . . . . erzeigen kvnde. dechein
zunge in kindeſ mvnde. ſie iahen dc dⁱ
. . . . volleist
. . . . ſante . . . .
wagen lac. vñ in die wiſheit lerte . . .
er ze gote kerte. ſin . . . .
ſich bedahte . . . . $C 3^b$.

sâ ze der selben stunde.
ir enwederz enkunde
einic wort gesprechen.
daz gegihte begunde brechen *mi liui iui*
die muoter von leide.   885
sus gesâzens beide
riuwic unde unfrô
unz sî sich bedâhten dô
waz in ir trûren töhte:
sô man ir doch niht enmöhte   890
benemen ir willen unde ir muot,
so enwære in niht alsô guot
sô daz sî irs wol gunden,
wan sî doch niht enkunden
ir niemer werden âne baz: 895
enpfiengen sî der rede haz,
ez möhte in umbe ir herren
vil harte wol gewerren,
und verviengen anders niht dâ mite.
mit vil willeclîchem site   900
sprâchen sî beide dô
daz sî der rede wæren frô.
Des fröute sich diu reine maget.

881. So zuo der s. stunden *A*, An den selben stunden *B*.   882. also
daz sie enkunden *B*.   883. einic wort *Wackernagel*: Ein einig w. *A*,
Ein wort niht *B*.   884. die gibt *B*.   885. vor *B*.   886. gesazen
sú *A*.   886—890. do sazen (satzten *B*ᵇ) si (sie sich *B*ᵇ) beide Uñ
dachten waz in tochte nu ir nieman enmohte *B*.   885. Bitze *A*.
890. ir *fehlt A*.   891. Erweren *B*.   892. izn were niht *B*.   893. sie
is ir (si iz ir *B*ᵃ) gunden *B*.   894. wanne si nen konden *B*ᵃ, wannen
si enkunden *B*ᵇ.   896. geviengen *B*.   897. Daz mohte in an *B*.
898. gewerren harte sere *B*.   899. Uñ gewunnen *B*.   da mite *B*ᵃ,
da mit *B*ᵇ, do mitten *A*.   900. Mit v. willeclichen sitten *A*, wan mit
willeclichem site (willichlichen sit *B*ᵇ) *B*.   901. Jahen *B*.   902. reden *B*.
nach 902 Uñ daz iz sie douchte in irem mut vil getreulichen gut *B*.
903. die schone mait *B*.

885—888 mìt' *vor* leide. fuf gefazen fie beide . . . ec
vñ vnfro. vnz *dc* fie fich be . . . .

dô ez vil kûme was getaget
dô gie sî dâ ir herre slief.   905
sîn trûtgemahel ime rief,
sî sprach 'herre, slâfent ir?'
'nein ich, gemahel, sage mir,
wie bistû hiute alsô fruo?'
'herre, dâ twinget mich derzuo   910
der jâmer iuwerr siecheit.'
er sprach 'gemahel, daz ist dir leit:
daz erzeigest du an mir wol,
als ez dir got vergelten sol.
nune mag es dehein rât sîn.'   915
'entriuwen, lieber herre mîn,
iuwer wirt vil guot rât.
sît ez alsus umbe iuch stât
daz man iu gehelfen mac,
ichn gesûme iuch niemer tac.   920
herre, ir hânt uns doch gesaget,
ob ir hetent eine maget
diu gerne den tôt durch iuch lite,
dâ soltent ir genesen mite.
diu wil ich weizgot selbe sîn: 925
iwer leben ist nützer dan daz mîn.'

904. do iz (is *B⁶*) ein wenic was betait (berait *Bᵃ*) *B*.   905. dô
fehlt bei den br. Grimm.   906. Sin trut gemahel ime r. *A*, Sin (Sie
B⁶) gemale im (in *B⁶*) do r. *B*.   907. Lieber herre *B*.   908. nein
gemale waz wirret dir *B*.   909. also *B*: uf so *A*.   910. berre *A*:
si sprach *B*.   mich *B*: do mich *A*.   911. Daz *B*.   uwerre *A*,
euwer *B⁶*, ewer *Bᵃ*.   912. er sprach *A*: daz weiz ich wol *B*.   913. Daz
hast du an mir erzeiget wol *B*.   914. als dir got iz v. s. *B*.   915. Nu
mag es dekein ander rat sin *A*, Nu en (Nunen *B⁶*) mac iz rat niht
gesin *B*.   916. Travwen *Bᵃ*, droben *B⁶*.   917. Des sol werden v. g.
r. *B*.   918. sint iwer dinc also st. *B*.   919. Daz men ûch *A*, daz
ich uch (euch *Bᵃ*) *B*.   920. Ich engesume ûch *A*, ich ensume iz
(ensoumes *B⁶*) *B*.   921. Ir habet uns also gesait *B*.   923. Die den
t. gerne lite *B*.   924. da (do *B⁶*) geneset ir m. *B*.   925. weis gott
selber *A*, selber gerne *B*.   926. dene daz min *B⁶*, denne min *B⁶*.
vergl. Iw. 4323.   *nach* 926 Got mûz iz sin geklait daz ir iz so lange
hat verdait Wer iz mir vor drin (triu *B⁶*) iaren kunt Ir weret nu wol

Dô gnâdete ir der herre
des willen harte verre.
und ervolletn im diu ougen
von jâmer alsô tougen.   930
er sprach 'gemahel, ja ist der tôt
iedoch niht ein senftiu nôt,
als dû dir libte hâst gedâht.
dû hâst mich des wol innen brâht,
môhtestû, dû hulfest mir.   935
des gnüeget mich wol von dir.
ich erkenne dînen süezen muot:
dîn wille ist reine unde guot.
ich ensol ouch mê von dir gern.
dû maht mich des niht wol gewern   940
daz dû dâ gesprochen hâst.
die triuwe die du an mir begâst,
die sol dir vergelten got.
ditz wær der lantliute spot,
swaz ich mich für dise stunde   945
arzenîen underwunde,
und mich doch niht vervienge
wan als ez doch ergienge.
gemahel, dû tuost als diu kint
diu dâ gæhes muotes sint: 950
swaz den kumet in den muot,
ez sî übel oder guot,

gesunt B.   927. Do genade dir B^b.   928. also sere B.   929. 930
fehlen B.   931. ia en ist B, ioch ist A.   932. Ie doch n. eine
senfte n. A, niht ein also senfte n. B.   933. als du d. hast erdaht B.
934. hest A.   wol des B^b.   936. Des begnueget mich wol A,
des genuget mir B.   937. 938 fehlen B.   939. ouch mê Wacker-
nagel: ouch nût me A.   Ichn sol an dich niht gern B.   940. du
macht mich vrowe niht ernern B.   941. dâ] do A, nu B.   942. der
trewe der B.   943. Der vergelde dir g. B.   944. Iz B^a, Is B^b.
945. Daz ich mich nach dirre st. B.   945. 946 f. d. st. mich a. A:
verbessert von Lachmann.   946. der arcedie B^a, der artztie B^b.
947. doch A: daz B.   948. als iz vil lichte erg. B.   949. gemahel
fehlt B.   950. die gehes gemütes s. B.   951. Swaz in B.

dar zuo ist in allez gâch,
und geriwet sî sêre dar nâch.
gemahel, also tuost ouch dû. 955
der rede ist dir ze muote nû:
der die von dir nemen wolte,
sô manz danne enden solte,
so gerûwez dich vil lîhte doch.'
und daz sî sich ein teil noch 960
baz bedæhte, des bater.
er sprach 'dîn muoter und dîn vater
die enmugen dîn niht wol enbern.
ich sol ouch niht ir leides gern
die mir ie gnâde tâten. 965
swaz sî dir beide râten,
liebe gemahel, daz tuo.'
hie mite lachete er dar zuo,
wan er lützel sich versach
daz doch sider dô geschach. 970
    Sus sprach er zuo der guoter.
der vater und diu muoter
sprâchen 'lieber herre,
ir hânt uns vil verre
geliebet unde geêret: 975
daz enwær niht wol bekêret,
wirne geltenz iu mit guote.
unser tohter ist ze muote
daz sî den tôt durch iuch dol:

953. allen *A.*   D. z. wirt in vil g. *B.*   954. sêre *fehlt B.*
955. ouch *fehlt B.*   956. iz were dir zu m. nu *B.*   957. die *A*:
iz *B.*   958. als man iz wol e. s. *B.*   959. gerewe *B.*   vil lîhte
fehlt B.   960. und *und* ein teil *fehlt B.*   961. baz *fehlt B.*   962. er
sprach *fehlt B.*   963. Die mugen din vrowe niht enpern *B.*   964. ichn
wil ires l. niht g. *B.*   965. Daz si mir ie genaden t. *B.*   966. daz *B.*
967. Liebes kint des volge du *B.*   968. do lachte er nu zu *B.*
969. sich wenic des *B.*   970. daz im sint da von g. *B.*   971—973.
Ir vater uñ ir muter ie die sprachen beiden samt (beidentsant *B^b*) hie
Trewen lieber herre *B.*   974. vil sere *B.*   976. Das nwere *A,* izn
were *B.*   verkeret *B.*   977. Wir engeltens *A,* Wirn lontens *B.*
978. ist des ze m. *B.*

des gunne wir ir harte wol.   980
es ist hiute der dritte tac
daz sî uns allez ane lac
daz wir ir sîn gunden:
nû hât siz an uns funden.
nû lâz iuch got mit ir genesen: 985
wir wellen ir durch iuch entwesen.'
Do im sîn gemahel dô bôt
für sînen siechtuom ir tôt
unde man ir ernst ersach,
dô wart dô michel ungemach   990
und jæmerlîch gebærde.
manc mislîchiu beswærde
huop sich dô under in,
zwischen dem herren unde in drin.
ir vater unde ir muoter die   995
erhuoben michel weinen hie:
des weinens tet in michel nôt
umb ir vil lieben kindes tôt.
nu begunde ouch der herre
gedenken alsô verre   1000
an des kindes triuwe,
und begreif in ouch ein riuwe,
daz er sêre weinen began,
und zwîvelte vaste dran

980. Nu gunne wirs uch (wir iz euh B*) wole B.   nach 980 Wir
haben sie darumbe her bracht Sie enhat sich kurze niht bedaht B.
982. allez B: alles A.   983. d. wir is (iz B*) ir g. B.   984. si
iz (is B*) B.   985. Got laze evh m. ir g. B.   987. ime A: nv B.
do gebot A, bot B.   989. Do er iren rechten ernst sach B.
990. das zweite dô fehlt B.   991. Uñ iemerliche g. A, Rvweolich
gebere B.   992. Manige misliche b. A, uñ misliche swere B.   993. Do
begonde sich heben under in B.   994. Zwischent den h. uñ in dr. A,
zwischen dem kinde uñ den dr. B.   995—998 fehlen B.   997. Des
weinendens A.   999. Do B.   1000. zu denken (denkene B*) also sere
B.   1002. In begreif ein sulche rewe B.   1003—1006. Daz er sie drukte
an sine bruste daz er sie niht enkuste Daz lie er durch sin siecheit dar-
nach begreif in ein suez leit Daz er zwifeln began weder im were besser
gelan (bezzer were gelazen B*) oder getan B.   1004. der an A.

weder ez bezzer getân 1005
möhte sîn oder verlân.
von vorhten weinte ouch diu maget:
sî wânde er wære dran verzaget.
sus wârens alle unfrô.
sî gerten keines dankes dô. 1010
Ze jungest dô bedâhte sich
ir herre, der arme Heinrich,
und begunde sagen in
grôze gnâde allen drin
der triuwen und des guotes 1015
(diu maget wart rîches muotes
daz ers gevolgete gerne),
und bereit sich ze Sâlerne
sô er schierest mohte.
swaz ouch der maget tohte, 1020
daz wart vil schiere bereit:
schœniu pfert und rîchiu kleit,
diu sî getruoc nie vor der zît:
hermîn unde samît,
den besten zobel den man vant, 1025
daz was der maget gewant.
Nû wer möhte volgesagen
die herzeriuwe und daz klagen
unde ir muoter grimmez leit
und ouch des vater arbeit? 1030

1007—1010 *fehlen B.*   1008. daran *A.*   1009. waren sú *A.*
1013. sagen under in *B.*   1014. in allen dr. *B.*   1015. Der trewe *B.*
1017. Do er ir volgte g. *B.*   1018. Uñ bereitete s. zuo *A*, sie
bereiten s͕ gen (gegen *Bᵃ*) *B.*   1019. So er schiereste mochte *A*, So
sie. aller baldest mohten *B.*   1020. Sw. o. d. megede dohte *A*, daz
der meide wol an tochte (tote *Bᵇ*) *B.*   1021. D. was schire b. *B.*
1022. beide pfert u. k. *B.*   1023. Daz sie nie g. v. d. z. *B.*
1024. hermel *B.*   semit *A.*   1026. der megde *A*, meide *B.*   *nach*
1026 Sie schein so schone in swacher wat daz si nu gar zu wunsche
stat *B.*   1027. wol gesagen *A.*   Nu enkonde uch nieman vollen
sagen *B.*   1028. ires herzen r. uñ ouch ir kl. *B.*   1029. Der m.
grimmigez l. *B.*

ez wær wol undr in beiden
ein jæmerlichez scheiden,
dô sî ir liebez kint von in
gefrumten sô gesundez hin
niemê ze sehenne in den tôt,   1035
wan daz in senftet ir nôt
diu reine gotes güete,
von der doch daz gemüete
ouch dem jungen kinde quam
daz ez den tôt gerne nam.   1040
ez was âne ir rât komen:
dâ von wart von ir herzen gnomen
alliu klage und swære,
wan ez anders wunder wære
daz in ir herze niht zerbrach.   1045
ze liebe wart ir ungemach,
daz sî dar nâch deheine nôt
liten umbe ir kindes tôt.
   Sus fuor gegen Sâlerne
frœlîch unde gerne   1050
diu maget mit ir herren.
waz möht ir nû gewerren,
wan daz der wec sô verre was,
daz sî sô lange genas?

1031. 1032 *fehlen B.*   1031. ez wære *Wackernagel*: Es enwere *A.*
1034. furten *B.*   1035. Niemer me *A.*   In einen so gewislichen
t. *B.*   1036. senftert (seftert?) *A*, senfte *B.*   dîse *B.*   1038. da
von ouch *B.*   1039. Dem kleinen kinde bequam *B.*   1041. Iz w.
uf iren r. bekumen *B.*   1042. genomen *A.*   hie mite so was in be-
numen *B.*   1043. Mancher bande sw. *B.*   1044. wande *Bª.*   1045. in
fehlt B.   1046. Die liebe wart ir u. *A*, ze (zv *Bª*) liebe was in u. *B.*
   1047. Un enhatten keiner slahte n. *B.*   1048. umbe irs? umbe
des? *A.*   umbe ires lieben k. t. *B.*   1050. Vrolichen *B.*   1052. sie
klaite niht so sere *B.*   1053. Wz das *A.*   so lanc w. *B.*   *nach* 1054
Do er uf daz velt quam vor die stat got er innenklichen bat Daz sin
reise were bewant daz er ein so wit lant Hinder im muste lazen des
bat er got uf der strazen Oder mit deheinen uneren ze lande musten
keren Des antwort im die schone mait Sie sprach herre iz ist uch wol
gesait Swer lip hat unde gut der sol ouch haben steten mut Un sol

und do er sî vollebrâhte 1055
hin als er gedâhte
und dâ er sînen meister vant,
dô wart ime zehant
vil frœlîchen gesaget,
er hete brâht eine maget 1060
die er in gewinnen hiez:
dar zuo er in sî sehen liez.
　Daz dûhte in ungelouplich:
er sprach 'kint, weder hâstû dich
diss willen selbe bedâht? 1065
od bistû ûf die rede brâht
von bete od dînes herren drô?'
diu maget antwurt im alsô,
daz sî die selben ræte
von ir selber herzen tæte. 1070
　Des nam in michel wunder,
und fuorte sî besunder
und beswuor sî vil verre · · ·
ob ir iht ir herre
die rede hete ûz erdrôt. 1075
er sprach 'kint, dir ist nôt
daz dû dich berâtest baz,
und sage dir rehte umbe waz.
ob dû den tôt lîden muost
und daz niht vil gerne tuost, 1080

got vor ougen han so enkan im nimmer misse gan Nu tut iz noch
des volget mir lat iwer zwifeliche gir Got gibt uch wider ewern gesunt
Ir gewinnet gutes vollen grunt *B*. 1055. Do er sie do brachte *B*.
1056. da hin da (do *B^b*) er g. *B*. 1057. Uñ do *A*, Do *B*.
1058. in alzehant *B*. 1059. Vil froelich *A*, Werlichen *B*. 1062. sie
in *B*. 1063. Iz douchte in gar unbillich *B*. 1064. weder *fehlt B*.
1065. Dis *A*. Dise rede selber an genumen *B*. 1066. Oder *A*.
oder bistu hie zu bekumen *B*. 1067. oder dins *A*. Von dines
herren dro *B*. 1068. antwürtet *A*. do antworte sie im do *B*.
1069. selbe rete *A*. Daz sie selber die rede (rete *B^a*) *B*. 1070.
selbes *A*. von irem h. hete *B*. 1072—1074. er wiste sie b. Hin
dan (Hie danne *B^b*) also sere uñ fragte ob si ir herre *B*. 1077. be-
denkest *B*. 1078. Ich sage *B*. 1079. Wie du *B*. 1080. ob du

sô ist dîn junger lîp tôt,
und frumet uns leider niht ein brôt.
nu enhil mich dînes willen niht.
ich sage dir wie dir geschiht.
ich ziuh dich ûz rehte blôz,   1085
und wirt dîn schame harte grôz
die dû von schulden danne hâst
unde nacket vor mir stâst.
ich bint dir bein und arme:
ob dich dîn lîp erbarme,   1090
so bedenke disen smerzen:
ich snîde dich zem herzen
und brich ez lebende ûz dir.
fröuwelîn, nû sage mir
wie dîn muot dar umbe stê.   1095
ezn geschach nie kinde alsô wê,
als dir muoz von mir gescheben.
daz ich ez tuon sol unde sehen,
dâ hân ich michel angest zuo:
nu gedenke selbe ouch dar zuo.   1100
geriwet ez dich eins hâres breit,
sô hân ich mîn arbeit
unde dû den lîp verlorn.'
vil tiure wart sî aber besworn,
sine erkante sich vil stæte,   1105
daz sî sichs abe tæte.

daz niht g. t. *B*.   1082. frowet *A*.   uñ frumet uns niht (niht *fehlt* *B*ᵇ)
umb ein br. *B*.   ,1083. ich mich *B*ᵇ.   1084. Ich sage wie *A*.
1085. zúhe *A*, zihe *B*ᵇ, zie *B*ᵃ.   uz so steest du bl. *B*.   1086. so ist
d. sch. also gr. *B*.   1087. Die *B*: So *A*.   1088. Uñ *A*: wan du *B*.
1089. binde *AB*.   arm *B*.   1090. sich ob dich dîn schoner lip
erbarm *B*.   1091. Ich sag dir dinen sm. *B*.   1092. snit *B*.   zuo
dem *A*, gegen dem *B*.   1093. lebende uzer d. *A*, lebendic von d. *B*.
1095. Wie d. wille *B*.   1096. nie k. so we *B*, kinde also we *A*.
1097. von mir muz *B*.   1099. Do h. i. mich (?) angest z. *A*, Da
habe ich groze sorge z. *B*.   1100. selber *A*.   sich wie iz dinem
libe tu *B*.   1101. eins *fehlt B*.   1102. so habe wir alle unser s. *B*.
1103. den *A*: dinen *B*.   1104. also wart sie teure b. *B*.   1105. sú
e. *A*.   1105. 1106. **Daz si sich erkente stete oder sich sin abe tete** *B*.

Diu maget lachende sprach,
wan sî sich des wol versach,
ir hulfe des tages der tôt
ûz werltlîcher nôt,   1110
'got lône iu, lieber herre,
daz ir mir alsô verre
hânt die wârheit gesaget.
entriwen ich bin ein teil verzaget:
mir ist zwîvel geschehen.   1115
ich wil iu rehte bejehen
wie der zwîvel ist getân
den ich nû gewunnen hân.
ich fürhte, unser arbeit
gar von iuwerr zageheit   1120
under wegen belîbe.
iwer rede gezæme eim wîbe.
ir sint eines hasen genôz.
iwer angest ist ein teil ze grôz
dar umbe daz ich sterben sol.   1125
dêswâr ir handelnt ez niht wol
mit iuwer grôzen meisterschaft.
ich bin ein wîp und hân die kraft:
geturrent ir mich snîden,
ich getar ez wol erlîden.   1130
die engestlîche arbeit
die ir mir vor hânt geseit,

1107—1118. Des antworte im die schone mait sie sprach ich bin
ein lutzel verzait Einen zwifel ich gewunnen han wizzet ir wie der ist
getan *B.*   1110. Uzer *A.*   1115. beschehen *A.*   1119. I. voerhte
daz *A*, I. vurchte daz *B.*   1120. gar *fehlt B.*   von ewer grozen
z. *B.*   1122. einem *A.*   izn zeme einem w. *B.*   1124. wie ist ewer
ang. so gr. *B.*   1125. Umb daz *B.*   ersterben *B.*   1126. 1127. zwar
ir handelt niht wol (wol *fehlt B*[b]) Iwer kunst uñ iwer meisterschaft *B.*
1128. ein mait *B.*   1129. Turret *B.*   1130. tar *B.*   *nach* 1130
Ir sagt mir vil von solcher not uñ wenet des daz ich den tot Dester
vorchtlicher lide da habt ir mir gelibet mite. *darauf* 1157—1164, *dann*
Disen grimmiclichen tot uñ dise engestliche not und dise misliche ar-
beit *u. s. w. B.*

die hân ich wol ân iuch vernomen.
zwâre ichn wære her niht komen,
wan daz ich mich weste   1135
des muotes alsô veste
daz ich ez wol mac dulden.
mir ist bî iuwern hulden
diu brœde varwe gar benomen
und ein muot alsô vester komen   1140
daz ich als engestlîche stân
als ich ze tanze stüle gân:
wan dehein nôt sô grôz ist
diu sich in eines tages frist
an mîme lîbe geenden mac,   1145
mich endunke daz der eine tac
genuoc tiure sî gegeben
um daz êwige leben
daz dâ niemer zergât.
in enmac, als mîn muot stât,   1150
an mir niht gewerren.
getrûwent ir mîm herren
sîn gesunt wider geben
und mir daz êwige leben,
durch got daz tuont enzît: 1155
lânt sehen welch meister ir sît.
mich reizet vaste dar zuo.
ich weiz wol durch wen ich ez tuo:

1133. Die hatte ich an uch wol v. *B.*   1134. Zwar ich enwere *A.*
Ichn were niht anders her k. *B.*   1136. an trewen a. v. *B.*
1137. wol dulde *B.*   1138. bi iwer hulde *B.*   1139. Blode vorchte *B.*
1140. uñ ein so vester m. bekumen *B.*   1141. also eng. *A*, als
engestlichen *B.*   1142. zu einem tanze *B.*   *nach* 1142 Ich bin mir
selber also holt ich gebe min kupfer umbe golt *B.*   1143—1147. Wie
groz daz min angest ist der tot sich in ciner vrist An minem libe vol
endon mac mich dunket daz der eine tac Nicht ze teure si gegeben *B.*
1143. Wande kein *A.*   1149. Umbe *AB.*   1149—1154 *fehlen B.*
1153. Sine gesúnde *A.*   1155. d. t. in zit *A*, endet iz enzit *B.*
1156. welich *A*, ob ir ein *B.*   *auf* 1156 *folgt* 1171 *ff. B.*
1157—1164. *vergl. zu* 1130.   1157. Uñ reitzet mich *B.*   1159. ich
iz *B*ᵃ, ich es *A*, ich is *B*ᵇ: *s. zu Erec s.* 348.

in des namen ez gescheben sol,
der erkennet dienst harte wol 1160
und lâts ouch ungelônet niht.
ich weiz wol daz er selbe giht,
swer grôzen dienst leiste,
des lôn sî ouch der meiste.
dâ von sô sol ich disen tôt 1165
hân für eine süeze nôt
nâch sus gewissem lône.
liez ich die himelkrône,
sô het ich alwæren sin,
wand ich doch lîhtes künnes bin.' 1170
Nu vernam er daz sî wære
gnuog unwandelbære,
und fuorte sî wider dan
hin zuo dem siechen man
und sprach zuo ir herren 1175
'uns kan daz niht gewerren,
iwer maget ensî vollen guot.
nû hânt frœlîchen muot:
ich mache iuch schiere gesunt.'
hin fuort er sî zestunt 1180
in sîn heimlîch gemach,
da es ir herre niht ensach,
und beslôz im vor die tür
und warf einen rigel für:
er enwolte in niht sehen lân 1185
wie ir ende solte ergân.

1160. d. e. starken dienst w. B. 1161. Und lâts ouch *Lachmann*:
Uñ lat sin ouch *A*, Er let sin (sie *B^b*) *B*. 1162. das er selber *A*,
wes got selbe *B*. 1163. Wer sweren *B*. 1164. sie aller meiste *B*.
1165—1170 *fehlen B*. 1171. Do erfur er *B*. 1172. wandel-
bere *B*. 1173. Do furt (vur *B^a*) er sie hin dan *B*. 1174. wider
zu *B*. 1175—1178. Er sprach herre habet vrolichen mut iwer mait
die ist gut *B*. 1180. dannen f. er sie an der st. *B*. 1182. da (do *B^b*)
in nieman ensach (gesach *B^b*) *B*. 1183. 1184. Einen rigel warf er
fur (vor *B^a*) die tur der arme heinrich beleip da fur *B*. 1183. im
vor die *Lachmann*: in vor der *A*. 1186. were getan *B*.

In einer kemenâten,
die er vil wol berâten
mit sîner arzenîe vant,
hiez er die maget alzehant   1190
abe ziehen diu kleit.
des was sî frô unde gemeit:
sî zart diu kleider in der nât.
schiere stuont sî âne wât
und wart nacket unde blôz: 1195
sî schamt sich niht eins hâres grôz.
Dô sî der meister ane sach,
in sîme herzen er des jach
daz schœner crêatiure
al der werlte wære tiure.   1200
gar sêre erbarmte sî in,
daz im daz herze und der sin
vil nâch was dar an verzaget.
nû ersach diu guote maget
einen hôhen tisch dâ stân: 1205
dâ hiez se der meister ûf gân.
dar ûf er sî vil vaste bant,
und begunde nemen in die hant
ein scharpfez mezzer daz dâ lac,
des er ze solhen dingen pflac.   1210
ez was lang unde breit,

1187. In der k. *B.*   1188. vil *fehlt B.*   1189. Mit sinre *A,* Von guter *B*: mit schœner?   1190. Er hiez die maget *A,* do hiez er sie *B.*   1191. daz *B.*   *nach* 1192 E er daz wort vollen sprach Iren bussem sie uf brach *B.*   1193. Sú zarte — in *A,* Uñ reiz — von *B.*   1194. alsust beleip sie a. w. *B.*   1195. Vor im stende also bl. *B.*   1196. Sú schamte s. n. eins h. gr. *A,* uñ enschemte sich niht h. groz (bloz *B^b*) *B.*   1197. Do er sie so schone sach *B.*   1198. des *A*: do *B.*   1199. Daz sulche cr. *B.*   1200. al *fehlt B.*   1201. gar *A*: so *B.*   1202. der mut uñ *B.*   1203. An ir vil nach was verzait *B.*   1204. do sach ouch die schone mait *B.*   1205. e. tisch bi ir st. *B.*   1206. sú der meister *A,* er sie *B.*   *nach* 1206 Der sprunc was hoch uñ lanc den die mait uf den tisch (tisch *fehlt B^b*) spranc *B.*   1208. do nam er in sin h. *B.*   1209. Ein messer daz da bi lac *B.*   1211. Daz was scharf uñ br. *B.*

wan daz ez sô wol niht ensneit
als im wære liep gewesen.
dô sî niht solte genesen,
dô erbarmete in ir nôt,   1215
und wolte ir sanfte tuon den tôt.
Nû lac dâ bî in ein
harte guot wetzestein.
da begunde erz ane strîchen
harte müezeclîchen,   1220
dâ bî wetzen. daz erhôrte,
der ir fröude stôrte,
der arme Heinrich, hin für
dâ er stuont vor der tür,
und erbarmete in vil sêre   1225
daz er sî niemer mêre
lebende solte gesehen.
nu begunde er suochen unde spehen,
unze daz er durch die want
ein loch gânde vant,   1230
und ersach sî durch die schrunden
nacket unde gebunden.
Ir lîp der was vil minneclich.
nû sach er sî an unde sich,
und gewan einen niuwen muot.   1235
in dûhte dô daz niht guot
des er ê gedâht hâte,
und verkêrte vil gedrâte

1212. niht so wol *B.*   1213. lieb were *B.*   1214. niht lenger
solde *B.*   1216. Er wolde *B.*   1217. do bi in ein *A.*   Do lag
ouch da bi ein *B.*   1218. Ein harte *A,* also *B.*   wetzel stein *Bᵇ.*
1219. Do *ABᵇ.*   ers *A,* er *B.*   1220. so rechte muzlichen *B.*
1221. Da bi ouch wetzen daz *A,* Do er daz strichen *B.*   1222. sine
vreude gar verstorte *B.*   1223. da vur *B.*   1224. er lac uzen bi
d. t. *B.*   *nach* 1224 Uñ gedacht an des kindes trewen (-e *Bᵃ*) sie
begonde in sere rewen *B.*   1225. in also s. *B.*   1226. nimmere *Bᵃ,*
nimmere mere *Bᵇ.*   1227. Lebendic scholde sehen *B.*   1228. er
begonde s. *B.*   1229—1231. Biz daz er bi im vant ein hol gen durch
d. w. Do sach er sie an den stunden *B.*   1233—1240 *fehlen B.*
1237. 1238. Des er do e gedahte — vil getrahte *A: verbessert von*

4 *

sîn altez gemüete
in eine niuwe güete.   1240
    Nû er sî als schœne sach,
wider sich selben er dô sprach
'dû hâst ein tumben gedanc,
daz dû sunder sînen danc
gerst ze lebenne einen tac   1245
wider den niemen niht enmac.
du enweist ouch rehte waz dû tuost,
sît dû benamen sterben muost,
daz dû diz lesterlîche leben
daz dir got hât gegeben   1250
niht vil willeclîchen treist,
unde ouch dar zuo enweist
ob dich diss kindes tôt ernert.
swaz dir got hât beschert,
daz lâ dir allez geschehen.   1255
ich enwil diss kindes tôt niht sehen.'
    Des bewag er sich zehant
und begunde bôzen an die want:
er biez sich lâzen dar in.
der meister sprach 'ich enbin   1260
nû niht müezic dar zuo
daz ich in iht ûf tuo.'
'nein, meister, gesprechent mich.'
'herre, jâ enmach ich.
beitent unz daz ditz ergê.'   1265

Wackernagel. Vergl. zu Er. 5500.   1241. Do er sie so schone an
sach B.   alse A.   1242. selber A.   1243. einen tumben A, einen
alweren B.   1244. din sin ist leider worden kranc B.   1244—1248
fehlen B.   1248. bi namene A.   1249. smehelich B^b, smelich B^a.
    1251. Nút v. gewilleclich entreist (?) A, Niht geduldiclichen tr. B.
    1252. uñ du doch niht rechte enweist B.   1253. dis A, des B.
    1255. Daz laz allez g. B.   1256. dis A.   dunen macht ires todes
niht gesehen B.   1257. Die rede liez er alzehant B.   1259. Er b.
kloppfen B.   1259. Uñ hiez B.   1260. do spr. der m. B.   1263. 1264
fehlen B.   1263. Nein herre meister A.   1264. herre, jâ *Wacker-
nagel:* Herre sprach er ioch A.   1265. bitze daz A, biz daz B.

'nein, meister, gesprecht mich ê.'
'nû sagent mirz her durch die want.'
'jâ ist ez niht alsô gewant.'
Zehant dô liez er in dar in.
dô gie der arme Heinrich hin   1270
dâ er die maget gebunden sach.
zuo dem meister er dô sprach
'ditz kint ist alsô wünneclich:
zwâre jâ enmach ich
sînen tôt niht gesehen.   1275
gotes wille müeze an mir geschehen:
wir suln sî wider ûf lân.
als ich mit iu gedinget hân,
daz silber daz wil ich iu geben.
ir sult die magt lâzen leben.'   1280
Dô diu maget rehte ersach
daz ir ze sterben niht geschach,
dâ was ir muot beswæret mite.
sî brach ir zuht unde ir site:
sî gram unde roufte sich: 1285

1266. Nein herre meister gesprechent m. e *A*, Neina meister sprechet (besprechet *B^b*) m. e *B*.   1267. 1268 *fehlen B*.   1268. jâ *Wackernagel*: Ioch *A*.   1269. Er gieng uñ liez in in (ein *B^a*) *B*.   1271. Do *A*. Do er sie g. s. *B*.   1272. wider den *B*.   1273—1276 *nach* 1280 *B*.   1273. Ir lip der ist so minnenlich *B*.   1274. jâ *Wackernagel*: ioch *A*.   weizgot nu enmag ich *B*.   1275. Ires todes *B*. 1276. an mir *fehlt B*.   1277. Wúr súllen si wider uf lazen stan *A*, Ir sult sie wider uf lan *B*.   1278. daz gut als ich g. h. *B*.   1279. Daz wil ich euch vil gerne g. *B*.   *nach* 1275 (*s. zu* 1273) Er (Der *B^b*) sprach herre wolt ir der trewe pflegen daz ir euch der meide wollet erwegen Lieber herre daz tut Ir wille der ist gar gut Euch zu buzen ewer not dar umbe mòste sie ligen tot. Der arme heinrich do sprach e wold (wold *fehlt B^a*) ich ditz ungemach Dulden me wan tusent iar Ich gewere euch meister vor (fur *B^b*) war Daz ir mir niht weizzet (wizet *B^b*) wan gut er gewan einen vrolichen mut Do er die mait solde lazen leben sust wart der lip ir gegeben Daz sie des todes niht enleit die bant der meister uf sneit Uñ reichte ir die kleider do geschach nie kinde leider *B*.   1281. reht ersach *A*, do gesach *B*.   1282. zuo sterbende *A*, daz sterben *B*.   1283. Da was sie b. m. *B*.   *nach* 1284 Zu der brust sie sich sluc sie hatte leide genuc *B*.   1285. sî gram

ir gebærde wart sô jæmerlich
daz sî niemen hete gesehen,
im wær ze weinenne geschehen.
Vil bitterlîchen sî schrê
'wê mir vil armen unde owê! 1290
wie sol ez mir nû ergân?
muoz ich alsus verlorn hân
die rîchen himelkrône?
diu wære mir ze lône
gegeben umbe dise nôt. 1295
nû bin ich alrêst tôt.
owê, gewaltiger Krist,
waz êren uns benomen ist,
mînem herren unde mir!
nu enbirt er und ich enbir 1300
der êren der uns was gedâht.
ob diz wære vollebrâht,
sô wære ime der lîp genesen,
und müeste ich iemer sælic wesen.'
Sus bat si gnuoc umb den tôt. 1305
dô wart ir nie dernâch sô nôt,
sî verlüre gar ir bete.
dô niemen durch sî dô niht tete,
dô huop sî an ein schelten.
sî sprach 'ich muoz engelten 1310
mînes herren zageheit.
mir hânt die liute misseseit:
daz hân ich selbe wol ersehen.

u. r. s. *Wackernagel*: Zuo grime zart sú sich uñ roufte sich *A*, Sie
roufte uñ kratzte sich *B*. 1256. was *B*. 1257. Daz sú nieman *A*,
Daz iz niman *B*ᵃ, Daz is ieman *B*ᵇ. 1289—1292. Vil lute sie schrei
owe mir uñ owi Daz ich ie wart geborn nu han ich alrerst verlorn *B*.
1289. bitterliche *A*. 1291. nu gar ergan *A*, 1293. riche *AB*ᵇ.
1295. Heute gegeben umbe die not *B*. 1296. nu alrerst bin ich
t. *B*. 1297. geweltiger *A*, genediclicher *B*. 1299. Mime *B*ᵃ, Minen *B*ᵇ.
1304. uñ ich m. i. heilic w. *B*. 1305—1308. Wie vil si bete umb
ren tot ir was darzv so (dazu vil *B*ᵇ), not Do nieman nach irem willen
tete weder durch drowe noch durch bete *B*. 1309. sú an *A*, sich *B*.
1312. misse seit *A*, war gesait *B*. 1313. selber *A*. Ouch han

ich hôrte ie die liute jehen,
ir wærent biderbe unde guot 1315
und hetent vesten mannes muot:
sô helf mir got, sî hânt gelogen.
diu werlt was ie an iu betrogen:
ir wârent ie al iuwer tage
und sint ouch noch ein werltzage. 1320
des nim ich wol dâ bî war,
daz ich doch lîden getar,
dazn turrent ir niht dulden.
herre, von welhen schulden
erschrâkent ir dô man mich bant? 1525
ez was doch ein dickiu want
ênzwischen iu unde mir.
herre mîn, geturrent ir
einen frömden tôt niht vertragen?
ich wil iu geheizen unde sagen 1330
daz iu niemen niht entuot,
und ist iu nütze unde guot.'
Swie vil sî flüeche unde bete
unde ouch scheltens getete,
daz enmohte ir niht frum wesen: 1335
sî muoste iedoch genesen.

Ich iz selber wol gesehen B. 1315. Min herre were B. 1316. uñ truge
vestes B. 1317. Daz weiz got wol sie h. g. B. 1318. mit im B.
1319. alle A. Er was alle sine t. B. 1320. uñ ist noch heute B.
1321. 1322. Daz im eines kindes tot hulfe uz aller slahte not Daz
im ane sunde were uñ ane laster bere B. 1321. des] das A. 1322. Daz
engetrúrent? Daz engetúrrent? A. Des entravt er niht verdulden B.
1324. Se herre B. 1326. nu was d. ein veste w. B. 1327. Zwi-
schen B. 1328. daz weiz got nu enturret ir B. 1329. niht gesehen B.
1330. Ich wil euch getreulichen iehen B. 1332. izn si euch B.
nach 1332 Ob ir iz durch ewer trewe lat daz ist ein also swacher
rat Des euch got niht danken wil der trewen der ist gar ze vil Uñ
mines herzen sere Irn durfet nimmer mere Mir noch anders nieman
clagen Ich wil iz euch werlichen sagen Versprechet ir daz arzetbuch
daz weiz got wol ich enruch Wie lange euch got den lip quelt nu ir
mir niht volgen welt B. 1333—1336 fehlen B. 1335. enmoehte A.
1336. mueste A.

swaz dô scheltens ergie,
der arme Heinrich ez enpfie
als ein frumer ritter sol,
tugentlîchen unde wol,   1340
dem schœner zühte niht gebrast.
und dô der gnâdelôse gast
sîne maget wider kleite
und den arzât bereite
als er gedinget hâte,   1345
dô fuor er gedrâte
wider heim ze lande.
swie wol er dô erkande
daz er dâ heime funde
mit gemeinem munde   1350
niuwan laster unde spot,
daz liez er liuterlîch an got.
Nû hete sich diu guote magt
sô verweinet und verklagt,
vil nâhe hin unz an den tôt.   1355
do erkande ir triuwe unde ir nôt
cordis spêculâtor,
vor dem deheines herzen tor
fürnames niht beslozzen ist.
sît er durch sînen süezen list   1360
an in beiden des geruochte
daz er sî versuochte
reht alsô volleclîchen
sam loben den rîchen,

1337. Swaz sie scheltens begienc *B.*   scheltendes *A.*   1339. 1340.
Geduldiclichen uñ wol als ein hubsch ritter sol *B.*   1341. gantzer
tugende nie *B.*   1342. und *fehlt B.*   1343. 1344. Sinen arcet hatte
bereit uñ sine juncvrowen gecleit *B.*   1345. 1346 *fehlen B.*   1346. gar
getrate *A.*   1347. Do vur er heim ze l. *B.*   1348. Wie wol er do *A,*
swie daz er *B.*   1350. mit gemeinen *A,* mit einem gemeinem *B.*
1351. Niht wan *B.*   1352. d. l. er allez hin zv g. *B.*   1353. Do hatte
s. ouch d. schone mait *B.*   1354. gar verw. *B.*   1356. Sere biz uf
des libes t. *B.*   1357. peccator *B.*   1358. Vor dem *A:* da *B^a,* do *B^b.*
1359. Nimmer vor b. i. *B.*   1360. der durch sine suze l. *B.*
1361. An ir des g. *B.*   1362. sú so *A.*   1363. Also rechte *B.*   1364. Sam

do erzeigte der heilige Krist 1365
wie liep im erbermde ist,
und schiet sî dô beide
von allem ir leide
und machete in dô zestunt
reine unde wol gesunt. 1370
Alsus bezzerte sich
der guote herre Heinrich,
daz er ûf sînem wege
von unsers herren gotes pflege
harte schœne worden was, 1375
daz er vil gar genas
und was als vor zweinzic jâren.
dô sî sus erfröuwet wâren,
do enbôt erz heim ze lande
den die er erkande 1380
der sælden und der güete
daz si in ir gemüete
sîns gelückes wæren frô.
von schulden muosten sî dô
von den genâden fröude hân 1385
die got hâte an ime getân.
Sîne friunt die besten
die sîne kunft westen,
die riten unde giengen
durch daz sî in enpfiengen 1390
gegen im wol drîe tage.

iobe *A*, also ouch Ioben (Iob *B*ᵇ) *B*. 1365. Do gedacht unser herre cr. *B*.
1366. W. 1. ime trûwe un erbermde ist *A*, w. 1. im trewe ist *B*.
1369—1366. Un machte den herren uf dem wege von unsers herren
gotes pflege An aller slahte zwifel gesunt an sinem libe Daz er also wol
genas als er vor zweinzic iaren was Do die zeichen waren gescheben als
wir ditz buch horen iehen Da die warheit stet geschriben izn wart niht
lenger verswigen Iz (Izn *B*ᵇ) wurden lautmere daz genesen were Der gute
herre heinrich des vreweten alle die leute sich Izn neme denne etswen der
nit der sider adames zit In der werlde nie gelac noch geleit biz an den
svnes tac *B*. 1376. Do er *A*. 1383 gelükes *A*: *s. =u Erec s*. 415.
1384. muesten *A*. 1385.⁚ kraft *B*ᵇ. 1390. do sie in enpf. *B*.

si engeloubeten niemens sage
wan ir selber ougen.
sî kurn diu gotes tougen
an sîme schœnen lîbe.   1395
dem meier und sîm wîbe
den mac man wol gelouben,
man welles rehtes rouben,
daz sî dâ heime niht beliben.
sî ist iemer ungeschriben,   1400
diu frœude die sî hâten,
wan sî got hete berâten
mit lieber ougen weide:
die gâben in dô beide
ir tohter unde ir herre.   1405
ez enwart nie frœude merre
danne in beiden was geschehen,
dô sî hâten gesehen
daz sî gesunt wâren.
si enwesten wie gebâren.   1410
ir gruoz wart spæhe undersniten
mit vil seltsænen siten:
ir herzeliep wart alsô grôz
daz in daz lachen begôz
der regen von den ougen.   1415
diu rede ist âne lougen:
sî kusten ir tohter munt
etewaz mê dan drî stunt.

1392. sie geloubten anders deheiner s. B.   1393. Danne ir selbes A,
Wan (Wanne Bᵇ) irre selbes B.   1394. kusent A.   1396. sinem AB.
   1397. 1398. Man en wolle (enwolde Bᵇ) sie rechtes rouben Ir sult irz
wol gelouben B.   1398. Men welle sú danne r. r. A.   1400. 1401. die
vreude ist immer ungeschriben Die sie beide hatten B.   1402. do sie B.
   1403. 1404. Daz gesunt waren bede (beide Bᵇ) B.   1406—1410. Do
si dar solden gahen do si sie musten enphahen B.   1407. Dan A.
1410. wie sú gebaren A.   1411. Der gruz was under sn. B.   spæhe:
s. Lachmann zu Iw. 7300.   1412. vil fehlt B.   1413. herzeliebe A.
   Mit drivalder vreude groz B.   1414. in fehlt B.   1415. rein Bᵃ.
1416. daz ist B.   1419. Michels mer (Michel me Bᵃ) wan B.

Do enpfiengen sî die Swâbe
mit lobelîcher gâbe: 1420
daz was ir willeclîcher gruoz.
got weiz wol, den Swâben muoz
ieglich biderber man jehen,
der sî dâ heime hât gesehen,
daz bezzers willen niene wart.   1425
als in an sîner heimvart
sîn lantliut enphienge,
wie ez dar nâch ergienge,
waz mag ich dâ von sprechen mê?
wan er wart rîcher vil dan ê   1430
des guotes und der êren.
daz begunde er allez kêren
stæteclîchen hin ze gote,
unde warte sîme gebote
baz danne er ê tæte.   1435
des ist sîn êre stæte.
Der meier und diu meierin
die heten ouch vil wol umbin
verdienet êre unde guot.
ouch het er niht sô valschen muot,   1440
sî hetenz harte wol bewant.
er gap in ze eigen daz lant,
daz breite geriute,
die erde und die liute,

1419. 1420. Ouch enpf. in die swaben mit herlichen gaben B.
1421. gewilleclicher A. Iz was ein w. gr. B.   1422. ein ieslich man
des iehen muz B.   1423. 1424 fehlen B.   1424. Iegelich biderman A.
1425. Daz bessers wille nie enwart A, Daz grozer vreude nie wart B.
L. bezzer wille nie?   1426—1428. Swie es an iren (irem B⁶) heim-
vart Vurbaz ergienge oder wie sie in enpfiengen (-e B⁶) B.   1426. ime A.
1427. Sin lant lúte enphienge A.   1428. wie ez Wackernagel: Un
wie es A.   1429. gesprechen B.   1430. Wan er A: er B⁶, her Bᵃ.
1433. Stetecliche A, Williclichen B.   1434. Uñ wartete A.   Un
leiste gerne me sin gebot B.   1435. dan A.   1436. des beliben sie in
irre stete B.   1438. ouch vil fehlt B.   umbe in AB.   1440. er hatte
nie so swachen m. B.   1441. Izn were rehte w. b. B.   1442. zv eigen
gab (gabe B⁶) er in alzehant B.   1443 nach 1444 B.

dâ er dâ siecher ûffe lac.   1445
sîner gemaheln er dô pflac
mit guote und mit gemache
und mit aller slahte sache
als sîner frouwen oder baz:
daz reht gebôt ime ouch daz.   1450
  Nu begunden im die wîsen
râten unde prîsen
umb êlîchen bîrât.
ungesamnet was der rât.
er seite in dô sînen muot: 1455
er wolte, diuht ez sî guot,
nâch sînen friunden senden
und die rede mit in enden,
swar si ime rieten.
biten unde gebieten   1460
hiez er allenthalben dar
die sînes wortes næmen war.
do er sî alle dar gewan,
beide mâge unde man,
dô tet er in die rede kunt.   1465
nû sprach ein gemeiner munt,
ez wære reht unde zît.
hie huop sich ein michel strît
an dem râte under in:
dirre riet her, der ander hin,   1470
als ie die liute tâten

1445. Do er do *A*, Do er *B*.   1446. Sinre gemaheln *A*, Siner gena-
den *B*.   1447. 1448 *fehlen B*.   1449. Alse sinre *A*, Als einer *B*.
oder] unde *B*.   .1450. im daz *B*.   *nach* 1450 Ouch (Uch *B^a*) sin tugent-
hafter mut er was getrewe uñ gut *B*.   1451. Do *B^b*, Da *B^a*.   in *A*.
1453. Umb elich (Umbe eliche *B^b*) vriat *B*.   1455. in allen sinen *B*.
1456. er sprach dunket *B*.   1457. Er wolde sich besenden *B*.
1458. mit in *A*: vol *B*.   1459—1462 *fehlen B*.   1459. Swa sú es eime *A*:
verbessert von Lachmann.   1463. Wie schire er da g. *B*.   1464. 1465.
vreunt mage dienst man Uñ tet iz in allentsamt k. *B*.   1466. do spr. *B*.
1467. reht *A*: gut *B^a*, gute *B^b*.   1468. do h. *B*.   1469. Zwisschen
dem rate vñder (vnde *B^b*) in *B*.   1470. der eine reit *B*.   1471. ie *fehlt B*.

dâ sî dâ solten râten.
Dô ir rât was sô mislich,
dô sprach der arme Heinrich
'iu ist allen wol kunt 1475
daz ich vor kurzer stunt
was vil ungenæme,
den liuten widerzæme.
nu enschiuht mich weder man noch wîp:
mir hât gegeben gesunden lîp 1480
unsers herren gebot.
nû rât mir alle durch got,
von dem ich die genâde hân
die mir got hât getân,
daz ich gesunt worden bin, 1485
wie ichz verschulde wider in.'
Sî sprâchen 'nement einen muot
daz im lîp unde guot
iemer undertænic sî.'
sîn trûtgemahel stuont dâ bî, 1490
die er vil güetlîch ane sach.
er umbevienc sî unde sprach
'iu ist allen wol gesagt
daz ich von dirre guoten magt
mîn gesunt wider hân, 1495
die ir hie sehent bî mir stân.
nû ist sî frî als ich dâ bin:
nû ræt mir aller mîn sin

1472. Do sú do solten r. *A*, do man solde r. *B*.   1473. Ir rat der
was m. *B*.   1474. d. herre h. *B*.   1475. Uch herren ist *A*, Nu ist euch *B*.
1476. vor *A*: was in *B*.   1477. Was vil *A*: Harte *B*.   1478. Uñ der
werlde *B*.   1479. Nv schewet *B*ª, Nu scheidet *B*ᵇ.   1480. Nu han ich
einen g. l. *vor* 1479 *B*.   1481. Von unsers h. g. *B*.   1482. raten *A*,
ratet *B*.   1484. die got zu mir h. g. *B*.   1485 *fehlt B*.   1487—1489.
Sie spr. nemet euch einen sin Daz enh lip uñ gut darzu ewer steter mut
Immer undertan si *B*.   1490. Sin trut g. *A*, Sin gemale *B*.   1491. liep-
lich *B*.   1493. Uch herren ist *A*, Nu ist euch *B*.   vol *B*ª.   1494.
schonen *B*.   1495. 1496. Minen lip gesunden han die ir vor euch hie
sehet st. *B*.   1495. Minen *A*: s. *zu Erec* 1966.   1498. nu retet (redet *B*)
mir a. m. s. *B*, Nu ratet mir daz herze min *A*.

daz ich sî ze wîbe neme.
got gebe daz ez mir gezeme: 1500
sô wil ich sî ze wîbe hân.
zwâre, mac daz niht ergân,
sô wil ich sterben âne wîp,
wan ich êre unde lîp
hân von ir schulden.   1505
bî unsers herren hulden
wil ich iuch biten alle
daz ez iu wol gevalle.'
Nû sprâchens alle gelîche,
bêde arm und rîche,   1510
ez wære ein michel fuoge.
dâ wâren pfaffen gnuoge:
die gâben si ime ze wîbe.
nâch süezem lanclîbe
do besâzen sî gelîche   1515
daz êwige rîche.
als müeze ez uns allen
ze jungest gevallen.
der lôn den sî dâ nâmen,
des helfe uns got. âmen.   1520

1499. sie (*fehlt B^b*) zu einer vrowen *B*.   1500. es mir *A*, iz euh wol
B^a, ich uch wol *B^b*.   1501 *fehlt B*.   1502. Mag aber des niht ergan so
sult ir merken sunder wan *B*.   1503. bliben *B*.   1504. w. ich han e. u.
l. *B*.   1505. Nicht wan von *B*.   1506. Bi *A*: durch *B*.   1507. So bit ich
euh a. *B*.   1509. 1510 *fehlen B*.   1509. sprachent sû *A*.   1511. Es wer
eine m. f. *A*, Daz dauchte sie ein f. *B*.   1512. da was pf. g. *B*.   1514 *fgg*.
Die gaben sie im zu einer elichen kone nach werltlicher (wertlicher *B^a*)
wone Wolden sie beide niht zweier engel zu versiht Schein an in beiden
do sie sich musten scheiden Er hette sie wol beslafen nach werltlichem
(wertlichem *B^a*) schafen Vor gote er sichez getroste (getroster *B^b*) er tet
sich in ein kloster Uñ bevalch sich der vrien gotes muter sente marien
Da bî in einen tum (einem tume *B^b*) wie mocht er immer baz getun
(getune *B^b*) Da (Do *B^b*) verdienten sie beide geliche daz vrone himel-
riche Daz lon môz uns (*fehlt B^b*) allen ze jungest gevallen Daz sie da
genamen des helfe uns got amen Durch siner martir ere Nu en ist der
rede niht mere *B*.

BÜCHLEIN

Minne waltet grôzer kraft,
wan sî wirt sigehaft
an tumben unde an wîsen,
an jungen unde an grîsen,
an armen unde an rîchen.   5
gar gewalteclîchen
betwanc sî einen jungelinc,
daz er alliu sîniu dinc
muose in ir gewalt ergeben
und nâch ir gebote leben,   10
sô daz er ze mâze ein wîp
durch schœne sinne und durch ir lîp
minnen begunde.
dô sî im des niht gunde
daz er ir wære undertân   15
(sî sprach er solte sî erlân),
doch versuochte erz zaller zît.
disen kumberlîchen strît
entorste er nieman gesagen:
dar umbe wolt ern immer tragen,   20
ob er sî des erbæte
daz sî sînen willen tæte,
daz ez verswigen wære.

3. *das zweite* an *fehlt.*   4. an alten vnd greysen   9. muesset
mit g.   10. irem. *so durchgängig possessive formen für den gen.* ir.
14. da — begunne   16. sprache   19. dorfft   20. er nymmer

H. v. A u e. Der arme Heinrich.   5

er klagete sîne swære
niwan in sînem muote   25
und het in sîner huote,
sô er beste kunde,
daz ez ieman befunde.
daz was von Owe Hartman,
der ouch dirre klage began   30
durch sus verswigen ungemach.
sîn lîp zuo sînem herzen sprach
'Owê, herze unde sin,
wærst dû iht anders denne ich bin,
dû hætest wol versolt um mich   35
daz ich klagete über dich
allen den ich des getrûwe
daz sî mîn schade gerûwe,
daz sî mich ræchen an dir.
und wære dar zuo state mir,   40
zwâre ich tæte dir den tôt
und gulte dir alsolhe nôt
die dû mir ofte bringest,
wan dû mich leider twingest
mit dîner krefte swes dû wil: 45
wan des gewaltes ist sô vil
des dir an mir verlâzen ist
daz mir deheines mannes list
fride dâ vor mac gegeben
ichn müeze in dîme gewalte leben.   50
daz ich dem niht entwenken mac,
des gewinne ich manegen swæren tac:
wan dich wil niht genüegen
swaz dû mir maht gefüegen
nâch gênder riuwe.   55
daz ist ein untriuwe
sît dû in mir gehûset hâst

25. niwan *fehlt.*   29. herr hartman   30. dise   33. vnd dein
syn   35. verschuldet   37. getraw   39. geraw   39. rechen
40. wære] wie es   stat   50. ich   54. wes d. m. magst zu gefuegen

und diu dinc an mir begâst
diu under. friunden missezement,
wan sî mir freude gar benement.   60
    Zwâre ez ist dîn ungenist,
sît dû mir unnütze bist:
lâz dich sîn niht gelüsten:
dû bist under mînen brüsten
vil vaste beslozzen: 65
du belîbests ungenozzen.
geloube mir daz ich dir sage,
ê ich den kumber lenger trage,
daz ich mich an dir riche
und ein mezzer in dich stiche   70
und belîbe mit dir tôt.
daz ist mir bezzer danne ich nôt
immer lîde âne danc.
mir wær daz leben sô ze lanc.
    Dû bist weizgot vil betrogen.   75
ofte hâst dû mir gelogen
unz daz nû dîn übeler rât
vil ungenislîchen hât
verleitet mich armen lîp
mit dîme gewalte an ein wîp.   80
    Mich hiezen dîne sinne
ir dienen umbe minne:
dû zaltest mir ir güete vil,
als der den andern triegen wil,
und wie wol ez mir ergienge   85
ob sî mîn genâde vienge.
jâ ist sî leider ze guot:
daz ist daz mir den schaden tuot,
wan ich sîn niht geniezen mac.
ich hân alsô manegen tac   90

58. diu] dein   59. die vnder ir vnd freuden missezimpt   60. wan
sy mir die fr. gar benympt   62. an mir   66. du beleibest sein vng.
72. dann daz ich n.   77. vntz in das   78. ungeneslichen
79. mich] meinen   82. vmb die m.   83. zelest   84. der *fehlt.*   87. da
5*

von ir güete vil vernomen:
nû bin ichs an ein ende komen.
sît sî rehte wart gewar
daz mîn freude alsô gar
an ir einer gnâde stêt, 95
sît engeruocht sî wiez mir gêt:
daz ist ein starker wîbes muot.
ichn weiz wes sî mir niht ist guot.
   Unz ich sî mînen muot versweic,
gein ir gruoze ich dicke neic 100
und het mich dô als einen man
dem ein wîp ir hulde gan.
dô wânde ich bezzern mîn heil:
do geviel mir daz wirser teil.
ich wânde mich ir næhte 105
swenn ich sî innen bræhte
daz ich ûz al der werlt ein wîp
ze frowen über mînen lîp
für sî hæte niht erkorn:
dâ mite hân ich sî verlorn: 110
des genüzze ein man der sælde hât.
ir muot ze frömder wîse stât,
mit übel giltet sî mir guot:
dâ ist daz reht niht wol behuot.
hæte sî mich doch als ê, 115
sô gerte ich allez gnâden mê:
sît ich nû hân engolten
des die geniezen solten
den nâch ir werken wol geschiht,
sô wil ich mînes heiles niht. 120
   Friunt, wan deich die niht schelten sol
der al diu werlt sprichet wol,

92. ich sein   95. ein   96. seyder gerüchet sy wie es   98. ich
enwayſs warumb   99. ich *fehlt.*   100. gein ir *Lachmann*] irem
101. dô] die   103. da maynet ich zu   106. sy des ynnen br.
107. aller   109. frewen   115. hiet   116. begert   allez *Lachmann*]
aller   121. wann ich   122. der alle w.

sô sagete ich ze mære
daz sî diu wirsest wære
der ich ie künde gewan,   125
wan sî mir ir guoten friunde erban
daz ich vil gar âne ir schaden
mîner swære wurde entladen,
und mich mit dienste næme
als guotem wîbe gezæme,   130
und mit urloube gedæhte an sî.
nu ist der gedanc alsô frî
daz sî mir den niht wern mac,
ichn sî ir heimlich allen tac
als mit gedanken ein man   135
einem wîbe beste kan.
wan swaz mit werken mac ergân,
daz hân ich mit gedanke getân,
daz doch ir êren wol gezimet:
mîn muot im sîn niht fürbaz nimet.   140
daz ist doch mîn freude gar
daz ich gedenken getar:
ir ist ouch niht mêre.
nû wil sis haben êre
daz ich von ir verderbe   145
und gar an freude sterbe.
herze, daz machet dîn rât
der mich ir niht entwenken lât.
Sît ich niht guot verdienen sol
noch leide mac enpbliehen wol,   150
sô gên ich dicke durch list
dâ rede von guoten wîben ist
von den die sî erkennent.

---

126. irem   128. m. schwaren purde w. entl.   130. wol getzâme
131. vnd daz mit   133. gewern   134. ich   135. also   137. dann
was   138. mit den gedancken   144. sy des   145. von euch
146. sterbe *Lachmann*] werde   147. h. d. m. mir d. r. *vielleicht darf
man wan für mir (= nur) vermuten.*   151. gên *Lachmann*] gedenck
d. einen list   153. von der

sôs denne de besten nennent
und sagent waz diu tugende hât   155
und rüegent anderr missetât,
sô swîge ich vil stille.
und wære daz mîn wille
daz mich etswer an ir ræche
und ir iht arges spræche   160
daz ich von ir vernæme
daz wîbe missezæme,
etelîchiu mære
daz sî mir unmære
und deich ir vîent müese sîn.   165
sô tuont sî niht den willen mîn,
wan sô hœre ich niht wan einen munt,
in sî niht bezzers wîbes kunt.
dar an gewinne ich danne mê
wan daz mir wirt wirs dan ê.   170
ouch hete ich hie vor den sin,
des ich nû leider âne bin,
swenne mirz dîn gwalt ervunde,
daz ich ouch erkennen kunde
ein guot wîp als ein ander man.   175
got weiz wol daz ich niht enkan
an ir erkennen wan guot,
lieze sî den einen muot
den sî wider mich nû lange hât.
herze, nû sprich, waz ist dîn rât?   180
  Dû hieze mich ir dienen ie:
daz tæte ich gerne, wiste ich wie.
wære sî mir alsô guot,
daz sî leider niht entuot,
daz sî spræche zuo mir   185
'dînen dienst wil ich von dir,'

154. so sy denn die   156. der andern   165. daz ich   167. dann
ainen   168. weybe   169. dann nicht me   170. wirser   172. nû l.]
von laiden   173. Hertze wann — gewalt erwunde   178. sy nur den
179. hât] gehabt hat   186. dein

swie mir danne wære,
sanfte oder swære,
gezüge ez nâbe unz an den tôt,
daz diuhte mich ein senftiu nôt, 190
und wart nie freise sô getân
die dâ iemen solte bestân,
ichn wær durch sî dar zuo bereit.
owê daz sî mir niht seit
wes sî von mir geruochte, 195
daz sî mîne triwe versuochte!
des mac doch leider niht sîn.
nû weist dû daz, herze mîn,
deichz lîde durch dîn gebot.
nu gedenke an den richen got 200
und bewîse mich dâ bî,
ob dû iht weist wâ von ez sî,
ob ez mir noch etwaz gefrumet
und mir ze allem guote kumet.
nû sûme mich niht mêre: 205
des hân ich frum und êre.
  Noch ist sî weizgot alsô guot,
erkante se rehte mînen muot,
und ob ich wære ein heiden,
von der kristenheit gescheiden, 210
daz sî durch niemens ræte
sô sêre missetæte,
swenne sî bekante daz
daz ich ir noch nie vergaz
eines halben tages lanc, 215
sî sagte mirs etlîchen danc.
  Nû ist ez leider ein slac
daz ein wîp niht wizzen mac
wer sî mit triwen meinet.
ouch ist in bescheinet 220

187. wie dir 185. senfft swære, *adverbium, wie Er.* 7241.
189. gezeuget nabend 191. nye dhain fr. 193. ich 198. 202.
witsest 199. daz ich es 216. sy saget mir sein

von mannen dicke solher list
der uns von rehte schade ist,
swaz man in mit eiden ie gebiez,
daz man des lützel wâr liez:
dâ von unsanfte ein wîp getar   225
ir êre wâgen alsô gar
ûf solhe ungewisheit.
der zwîvel tuot den mannen leit,
wan sî fürhtent deiz ergê
alsô dâ vor vil maneger ê   230
diu ouch ûf stæter minne wân
mit grôzer forhte het getân
des ir geselle het begert,
der sich lônes dûhte wert,
und daz sîn wille denne ergie,   235
daz sî von im ze lône enphie
vil ungeselleclîchen haz:
dô dûhte si ez verloren baz.
wan daz ê was sîn flêhen,
daz verkêrte er an ein vêhen: 240
wan in des dehein minne betwanc
daz er sô sêre nâch ir ranc,
ez gebôt im ein bœser muot,
als er noch vil manegem tuot
durch swaches herzen lêre,   245
ûf ein betrogen êre,
daz er sichs gerüemen kunde.
swie manc man ez befunde,
daz dûhte in êre unde heil.
daz er dem tiufel enteil   250
sîm altherren werden müeze

222. schad ist: *vgl. Lachmann zu Iw.* 2943.   229. daz es
230. daruor   232. het *Wackernagel*] hat   233. ir *fehlt.*   het
Wackernagel] da   239. w. d. er w. s. phlegen   240. d. verkeret an
244. manigen   247. sich sein   248. manc: *s. zu Er.* 211.
249. des d. în ein ere vnd ein' h.   250. d. es d. t. ein.tail
251. altherren: *s. Lachmann zu Iw. s.* 412.

(swie ich den fluoch gebüeze)
und alle sîne gelîchen,
der arme zuo dem rîchen!
sî sîn tôt oder leben, 255
ich wil sî ir meister geben,
daz er sîne knehte
bœne wol nâch rehte,
und got in beneme den trôst
daz si immer werden erlôst 260
von der helle grunde.
swaz ich des segens kunde,
des wære ich gerne ir betman,
wan ich ir lônes in wol gan.
Sîn müeze nimmer werden rât, 265
swer den site erhaben hât
bî dem sô maneger bilde nimet
daz in des valsches wol gezimet
daz er sich dunket rîche
sô er ein wîp beswîche 270
und ob er sî mac betriegen.
der vordes nie gelernte liegen,
der kan ez danne harte wol
sô er ein wîp beswîchen sol:
er heizetz eine behendekeit. 275
daz in got gebe leit!
sî wendent werltwünne vil,
von minne manec süeze spil.
diu wîp sint dâ von verzaget,
und swaz in ieman gesaget, 280
des swerent sî wol einen eit
ez wære gar ein lügelicheit,
und lântz dâ von belîben.
daz schadet uns an den wîben,

256. irem m. ergeben   258. hœne *Lachmann*] lone   264. w. ich
in irs l.   265. ymmer   267. ebenpilde   269. beduncket   270. be-
schweche (: reiche)   272. vor da   274. beschwengken   279. sein
282. *vielleicht* lügebeit.   283. lat es

daz maneger âne lôn bestât   285
der in doch wol gedienet hât.
Des selben hœre ich alle tage
vil maneges mannes herzenklage
der doch niht tiurre möhte sîn.
des kreftegônt die sorgen mîn,   290
wan sô fürht ich daz sî mirz ouch tuo.
nû kum, tôt, ez ist niht ze fruo:
wan swenne ich denke dar an
waz ich freude ie gewan,
die leschent sich begarwe   295
und wandelt sich mîn varwe
unde erzücket mich ein muot,
der mir harte unsanfte tuot,
gæhes als ein donerslac,
daz ich niht rehte wizzen mac   300
waz oder wie mir ist geschehen
od wes ich wider den sol jehen
der mir denne als nâhn ist bî
daz er mich frâget waz mir sî:
dem ensag ich ouch niht mê   305
wan 'selle, mirst im herzen wê.'
Daz tuon ich denne durch den list
daz iemen wizze waz mir ist:
wan ich getar nieman sagen
'daz herze hiez michz eine tragen.'   310
daz ist mîn aller meister slac.
ichn weiz wes ich dir danken mac:
wan ich den man wol funde
der mir gerâten kunde,
getorste ich râtes frâgen.   315
daz ich doch mînen mâgen

---

289. tewre   290. kreftegônt *Lachmann*] creffte gůt   293. ge-
denck   297. erkucket: *verbessert von Wackernagel.*   299. dornslag
   302. oder was   303. so nahen   305. dem sag ich denn ouch nit
me: *verbessert von Lachmann.*   306. wan *fehlt.*   geselle mir ist in dem :
vgl. zu Er. 1969.   310. ainig   312. ich weis nit wes   316. hertze daz

mîniu leit niht klagen sol,
herze, dar an tuost dû niht wol,
sît ouch dû mir niht râtes gîst.
sô grîfe ich dicke dâ dû lîst 320
und kœm dirs gerne ze klage:
so ist alsô guot daz ichz verdage,
wan sô verst dû dar inne
(daz heize ich unminne)
vor freuden als ein vogellîn. 325
nû wie möhtest du ungetriwer sîn?
wan ich solt zuo dir haben fluht:
und wære ez niht ein unzuht,
ich schrire wâfen über dich.
nû warumbe tœtest dû mich? 330
  Got hat mir leider gegeben
mit dir ein unnützez leben,
wan daz ichz wol helen kan.
ich bin ein freudelôser man,
wan mich des tages unmanege zît 335
diu selbe nôt vrî gît.
sô aber sî mich denne lât
(daz leider selten ergât)
unde ich mich erbiute
ze freuden durch die liute, 340
sô hât leider mîn schimph
deheiner slahte gelimph,
wan er mir niht von herzen gât.
mîn schimph mir alsô ane stât
daz alle die beginnent jehen 345
die mich ê habent gesehen,
sô ich als ungefüege bin,
ich habe verwandelt den sin
und ich sî worden unfruot.
sone wizzen sî waz ez mir tuot 350

322. so ist mir also   323. varestu   329. schrye   331. mir *fehlt.*
332. mir mit dir   336. dieselbe zeit vergeit: *vergl.* 751.   337. verlat
338. vergat   344. mir *fehlt.*   345. begunnent   350. so wifsen sy nicht

und daz sich moviert mîn muot
rehte als des meres fluot.
sô daz der ober wint verlât
und ez mit ganzen ruowen stât
und dar ûf guot ze wesen ist,   355
sô kumet ez lîbte in kurzer frist
daz sich beweget der grunt
(daz ist allen den wol kunt
die dâ mite gewesen sint)
und hebet sich ûf von grunde ein wint: 360
daz heizent sî selpwege
und machet grôze ündeslege
und hât vil manne den tôt gegeben
ze bœsem wehsel für daz leben
und vil manegen vesten kiel   365
versenket in des meres giel.
   Dem glîchet sich daz leben mîn.
swenn ich mit freuden wæne sîn,
sô rüerent mich die sorgen
die ich dâ trage verborgen,   370
und siufte ûf von grunde
mit lachendem munde,
und truobent mir diu ougen.
der rede ist unlougen,
wan deiz unmanlich wære,   375
weinen ich niht verbære.
   Mir wirt aber sus sô wê
daz ich bî den liuten mê
niht belîben getar.
sô gên ich alters eine dar   380
dâ niemen ist wan mîn
(ich müese ir aller spot sîn),

351. vnd daz ich mutiert: *verbessert von Lachmann.*   353. ober
Lachmann] eben   356. villeicht   361. selber wege: *vergl. Graffs
sprachsch.* 1, 660.   363. manne *Lachmann*] manigem   373. truebent
   375. daz es   377. Dir   379. bel. nicht getar   382. ich müfs
anders ir

unz mich diu swære verlât
diu mich dâ vor begriffen hât.

Herze, wærest dû ein man 385
(des mir got niene gan)
und hete ich dir den vater erslagen
(daz unsanfte iemen mac vertragen)
und alle dîne friunt benomen,
ez wær mich gnuoc tiur ane komen: 390
wan dû mir alle gnâde werest
und mich alles des beherest
daz freude gebeizen mac.
nû muoz ich dulden dînen slac
und leben mit solher swære 395
daz mir bezzer wære
mit êren genomen der tôt
denn als unendehaftiu nôt
dâ dû mich, herze, in hâst brâht.
durch waz hâst dû dirs erdâht 400
daz dû mich alsô wellest twelen
daz dû mich lebenden mügest quelen?
Möhte ich nû wizzen daz
wâ von ich dînen haz
von êrste gearnet hæte, 405
vil gerne ich dich bæte
daz dû ez durch got verkürest
unde uns beide niht verlürest:
wan ez dir schaden beginnet
swenn dir mîn zerinnet. 410
wer sol den strît nû scheiden
under uns beiden?
wan tuoz durch gotes êre
und rich dich niht ze sêre.

387. den] deinen: *vergl. Inv.* 850. 388. nyemand 390. ez wær]
zwar 391. wann da m. a. g. war ist 392. des alles beher ist
397. den 395. also 400. d. das h. d. dir sein erd. 401. daz dû
in mir sô? *Lachmann.* daz dû noch alsô? 402. lebentigen m. koelen
405. ersten 410. wann mir dein 413. wann du thû es
414. vnd richt d. nicht sere

habe ich dir iht getân,   415
des lâz mich dir ze buoze stân
und rihte selbe über mich:
sô êrest dû dich.
    Dû maht mich gerne enphâhen.
lâ dir niht versmâhen   420
mîn dienst und mîne friuntschaft,
und twinc mich mit solher kraft
und mit solhen dingen
diu ich müge volbringen:
sô diene ich dir als ich sol   425
und kumt uns beiden ouch wol.
    Nû bin ich gar versêret,
daz heil ist mir verkêret
an ungehôrten dingen:
des muoz mich sorge twingen.   430
freude soltest dû mir geben:
nû leidest dû mir daz leben
und erbanst mir daz ich frô sî.
doch muoz mich immer dâ bî
die wîle ich lebe wunder nemen,   435
und wolt ez gerne vernemen
von dir, trût mîn herze,
ob dich mîn smerze
iedoch sô gar vergebene stê
daz dir dâ von niht werde wê.   440
des torste ab ich nimer gefrâgen,
wan sîn mohte dich betrâgen:
sus reizest dû mich dâ zuo
beide spâte unde fruo,
wan daz ichs durch daz gefrâget han   445
daz ich gedenke dar an

417. selbs   421. meine d.   422. vnd dunck mich s. kr.
429. vngehôrten: vergl. zu Er. 5425.   433. erwunst   441. d. dorffte
aber ich nymmer g. Ueber nimer s. zu Erec 3255.   442. w. sy
möchte sein dick betr.   445. ich sein   han: s. Lachmann zu Iw. 2112;
Haupt zu Er. 241.

daz dû von schulden sanfte lebest
und under mînen brüsten swebest
als der kerne under der schalen:
ich mag uns wol zesamen zalen. 450
Diu nuz diu an dem boume stât,
swaz weters sî ane gât,
daz nimt diu schal über sich:
wan daz ist wol billich
daz sî dem kernen fride ber 455
die wîle sî dâ ûzen wer
und daz sî im vor sî.
doch ist der kerne niht gar frî:
witert ez der schalen als ez sol,
dâ von gedîht der kerne wol: 460
swelch weter der schalen ouch wê tuot,
daz ist dem kernen kein guot,
wan er muoz sîn ouch engelten:
daz triuget ouch vil selten.
Der einen kezzel an die gluot 465
vollen wazzers getuot,
ob erz dar an gefrœret,
daz ist ungehœret:
wan ez diu hitze niht erlât
diu ez von dem kezzel an gât, 470
ezn walle dar inne.
von eteswiu ich sô brinne,
swie daz immer müge komen.
daz het ich lieber vernomen,
sît daz dû mitten in mir lîst, 475
ob dû des schaden sicher sîst
daz er dich niht sol twingen.
bî disen zwein dingen

449. als wie d. kern   L. under schaln? Lachmann zu Iwein
s. 415.   451. D. n. so vnnder d.   452. sy dann ane   455. d. kern fr.
geper   457. vor: s. zu Erec 6848.   458. kern   459. schal   460. kern
vil wol   462. kerne :. 466. vollen wafser tût   471. es valle   472. von
ettwem wäne ich so pr.: verbessert von Lachmann.

sô nim ich dicke bilde:
doch ist ez mir noch wilde   480
wie ez dar umbe stê.
der selbe zwîvel tuot mir wê,
herze, als dû vil wol weist.
waz wirrctz dir ob dû mirz seist?'
'Lîp, ich wil ez gerne sagen,   485
wan ich möht ouch ze lange dagen.
lîp, ich bite dich durch got
daz dû lâzest dîuen spot
und gebiut dînem munde
hie ze dirre stunde   490
daz er stille gedage
unde lâze sîne klage
eim man dem ir nôt gê.
mir tuot dîn lürzen vil wê,
dû tuost mir maneger slahte leit.   495
ez ist et wâr daz man mir seit,
swâ sô der schade sî,
dâ wone der spot vil ofte bî.
daz ist an mir wol worden schîn:
daz müeze dâ mite sîn.   500
Dû tuost als der schuldec man
der sich wol ûz nemen kan.
alsô er den schaden getuot,
sô lêret in sîn karger muot
daz im ouch dicke frumet,   505
daz er ê ze hove kumet.
sîn schulde kan er wol verdagen

---

479. ebenpilde   484. w. gewiret es   493. einem — not angee
494. lursen.   lürzen (fragm. xxxi, 111 der ir kund âne lürzen die
langen naht gekürzen) erklärt Jac. Grimm gr. 1, 160 durch decipere.
doch dies scheint hier nicht zu passen.   495. slachte vil layd   496. et]
eben   497. swâ sô] wo   498. davon d. sp.   499. des   500. müs
'das lasse ich denn auf sich beruhen.' Lachmann. vergl. Parz.
478, 20. Eracl. 1493. 2513.   501. der] ein? Lachmann.   502. der
sich aus der schlinge zu ziehen versteht.   503. alsô Wackernagel] als

und beginnet über jenen klagen
dem er den schaden hât getân.
der muoz im dan ze buoze stân. 510
dâ von gênt den reinen man
danne zwêne schaden an:
er gniuzet sîner unschulde
daz im sînes herren hulde
ze sînem schaden wirt verseit. 515
dem glîchet sich daz mîn leit.
Sît ich kumber von dir trage,
liezest dû joch dîne klage
und dîn üppigen drô,
mich diuhte niht ich wære frô. 520
ine weiz war umbe dû ez lâst,
sît dû ez gesprochen hâst
dû wellest dich an mir rechen
unde ein mezzer in mich stechen?
daz het ich vil wol versolt: 525
wan dû mir daz gelouben solt,
wær ich gewaltec über dich
sô dû bist über mich,
daz ich hende hæte,
dîn leben wære unstæte, 530
ich tæte dir vil schiere schîn
daz ich unschuldec welle sîn
des kumbers den ich von dir hân:
der müese dir ze leide ergân.
Dû gihst dîn kumber sî mîn rât. 535
dû weist wol wiez dar umbe stât,
daz ich sô vil niht wizzen mac
wenn ez sî naht oder tac.
ich erkenne übel noch guot,
ich bin frô noch ungemuot, 540

509. einen   511. gênt den reinen *Lachmann zu Iw.* 5522] muſs
der raine   512. zway   an *Lachmann a. a. O.*] han   518: du doch
nur d. k.   521. ine] nu   529. so bist du   532. wil   534. der
müſse — gan   535. sprichest   540. ich bin weder fro
H. v. Aue, Der arme Heinrich.   6

wan als mich von dir wirt ane brâht.
dû hâst dich der rede niht wol bedâht,
daz dû mich dar umbe sprichest an
des ich schulde nie gewan.
  Enblant ez dînen ougen,   545
wan daz ist âne lougen
dû habest sî dâ zuo
daz sî spâte unde fruo
übel unde guot besehen
und mir ân mînen danc spehen   550
swaz mir der dinge ist erkant:
durch daz hân ich sî genant
des herzen spehære.
ir spehens ich wol enbære.
swaz in der werlte geschiht,   555
des enweiz ich anders niht
wan als dû mirz enbiutst bî in.
dar under hân ich schœnen sin,
des ich wider dich engolten hân,
des dû mich geniezen soldest lân: 560
sît dû mich ze râte erwelet hâst,
unde mich des niht erlâst,
sô weist dû wol daz ich dich nie
bœsiu dinc geminnen lie.
ze guoten dingen ich dir riet,   565
von allem valsche ich dich schiet.
dar umbe dulde ich dînen haz.
doch wil ich gerne lîden daz
swaz mir dâ von geschehen sol:
ich rât dir nimmer niht wan wol.   570
  'Mîner schulde ist ouch niht mêre
wan daz ich dîn êre
dir râte, swaz ich guotes weiz,

541. w. als es m. — an gebracht   544. des sch. ich   545. Ent-
plenndet es deine   547. sy geschaffen dartzů   549. ze sehen
556. wais   560. mich doch gemefsen s. han   561. ze râte *Wacker-
nagel*] an deinen rat   570. nichts dan w.

und mich ie dâ wider fleiz
dar an dû hætest missetân, 575
daz dû daz muosest durch mich lân.
mîn lêre muost dû durch mich lîden,
wol tuon unde bôsheit mîden.
rich dich swie dich dunket guot:
ich rât dir niht wan rehten muot. 580
Du verwîzest mir daz, bœser lîp,
daz ich dir riet an daz wîp.
daz hân ich weizgot getân:
wan ich weiz daz wol âne wân,
als mir mîn selbes sin verjach, 585
do ich sî durch dîniu ougen sach,
daz niht bezzers möhte sîn.
ich riet dirz durch den willen dîn:
war umbe wîzest dû mir?
wie moht ich baz gebieten dir? 590
nû wis dar nâch veile:
ez muoz dir komen von heile
ob sî dîn dienst twinget
daz dir an ir gelinget
dû wirst der sælegiste man 595
der in der werlt ie liep gewan.
dû maht dich gerne wâgen
an nütze râtfrâgen
nâch alsolher lêre
dâ von dû immer mêre 600
von schulden muost geêret sîn,
dû und ich daz herze dîn.
Dû klagest âne nôt ze vil.
jane ist ez niht ein kindes spil,
swer daz mit rehte erwerben sol 605

577. müfsest   578. vermeiden   579. richt   590. gebieten
Lachmann] geben eere   591. *nun wage dich daran, wie* Iv. 4844
den lîp veile bieten, *Wig.* 3921 den lîp veile füeren. *Vergl. Tristan*
9894. 13240.   595. so wirst du der   599. als solher   601. mûstu
gewert   603. Du kl. dich on   604. jane *Lachmann*] darumb
6*

daz im von wîbe geschihet wol.
swer ahtet ûf die minne,
der darf wol schœner sinne
und swer ir lêre wil phlegen
der muoz lâzen under wegen   610
swaz anders heizet denne guot
und minnen rehtes mannes muot.
dâ gehœret arbeit zuo
beide spâte unde fruo
und daz man vil gedenke an sî.   615
minne machet niemen frî
ze grôzem gemache.
daz sint die selben sache
dâ man ir mite dienen sol,
wan sî lônet vaste wol.   620
  Swer ir ingesinde wesen wil,
der darf solhes muotes vil
daz er gedenke dar zuo
wie er mêre guotes getuo
dann er dâ von gespreche: 625
sîn triwe durch niemen breche:
milte unde manheit
ist ir ze dienste niht leit:
sînen lîp habe er schône
nâch der minne lône: 630
er sî zühteclîchen balt.
die tugent hân ich dir vor gezalt
dâ mite dû erwerben solt
daz dir die frowen wesen holt.
  Dû muost mit herten dingen   635
nâch ir hulden ringen.
beide sêle unde lîp
muoz man wâgen durch diu wîp,
swer sô lônes von in gert:
er ist sîn anders ungewert.   640

606. weyben   607. wer acht hat auf   608. 622. bedarff
609. irer ler recht w. ph.   618. da sint   620. lonent   639. begert

Daz ist alsô her komen.
ouch hâst dû daz wol vernomen,
dîn herze wendet dich sîn niht.
swaz ouch dir lasters geschiht,
des darft dû an mich niht jehen: 645
wan ich lâze dich wol sehen,
wilt dû sîn haben mînen rât,
daz dir nimmer missegât,
dirn geschehe alliu êre.
dû klagest von grôzem sêre 650
und lebest mttelîchen:
jane mac sich niht gelîchen
unser kumber den wir tragen.
dû maht wol swîgen, lâz mich klagen.
Dîner sorge ist nie sô vil, 655
sî wære wider die mîne ein spil,
ob ez alsô drumbe wære
daz sî mich dûhte swære.
daz ab ich vil lîdeclîchen tuo,
daz hilfet mich dar zuo 660
und tuot mir mîner sorgen rât:
wan mîn muot alsô stât
daz mich niht gentlegen mac,
ichn flîze mich naht unde tac
wie ich dir daz geflege 665
des dich von rehte gentlege
durch unser beider êre.
nû waz solt uns freude mêre?
und enphienge dich daz selbe wîp,
sô wærestû ein sælec lîp. 670
Swaz kumbers dich des an gât,
des tuost dû wol guoten rât.
dû hâst kurzwîle vil,

645. bedarfft   649. dir g. alle e.   652. ja   653. vnserm   655. sorgen
— nie *fehlt.*   656. weren — meinen   658. bedauchte   659. daz aber —
lediklichen t.   661. mîner] nymmer   664. ich befleyfs   665. zûge-
fuege   669. dasselbig   670. sæliger   671. des] dauon   672. wol vil

der ich dir manege zelen wil,
dâ mite dû sîn vergezzen maht. 675
mit slâfe ergetzet dichs diu naht:
die ruowest dû gar, daz ist wâr
(daz heize ich daz halbe jâr):
den tac vertrîbst dû ringe
mit manegem lieben dinge: 680
dû hœrest singen unde sagen,
dû maht beizen unde jagen,
spilen unde schiezen:
wie solte dich verdriezen
tanzen unde springen? 685
dû maht wol sanfte ringen.
der dinge ist tûsent stunt mê,
diu lânt dir selten werden wê:
dû wirst von kurzwîle frô.
sô enist mir ninder sô: 690
den âbent und den morgen
ringe ich ie mit sorgen,
da'nzwischen über alle zît
kumber hât mich âne strît.
Sô dû an dem bette lîst 695
und aller sorgen verphlîst,
sô wache ich und ahte
vil harte maneger slahte
wie ich ez bringe dar zuo
daz sî dînen willen getuo, 700
und bin ir allez nâhen bî.
doch ich hie heime in dir sî,
ich kume nimmer von ir.
dâ von ist ez daz sî dir
erschînet in dem troume. 705
nû nim der rede goume.

676. dich sein 687. tausentmal me 690. so ist 692. hie
693. dann zwischen 694. âne strit, *ohne widerrede*, *von dem
was eine ausgemachte sache ist, wie Iw.* 3027. 696. vergist. 698. har-
ter 702. in dir *Lachmann*] nindert

Swaz dir troumende geschiht,
daz enist ouch anders niht
wan mîn eines arbeit.
sô sprichest dû dû habest leit: 710
owê wie sælec dû bist!
für sorgen kan ich keinen list
wan einen, der ist ouch guot,
daz ich allen mînen muot
ûf anders niht gewendet hân   715
wan' waz ich der dinge müge begân
dâ von dû liebe gewinnest.
arbeit ist mir daz minnest. .
Doch swie vil mînes schaden ist,
des dû alles sicher bist   720
(wan daz dû mich sîn niht erlâst
mit üppekeit die du dâ hâst),
mich hœret nie kein man klagen,
und wolt in dulteclîchen tragen
durch unser beider êre: 725
wan mîn ahte ist niht mêre
wan wiech dir müge gefüegen
des dich sol genüegen
freudebærer wünne.
der allez mankünne   730
schuof unde in sîner gwalt hât,
der gebe uns heil unde rât
daz ich noch daz erringe
daz uns an ir gelinge.
Des gewerbes, unz ichz leben hân,   735
lâz ich dich nimmer abe gân.
von diu vernim, lîp, waz dû tuo.
grîf vil manlîchen zuo,
wan ich erlâze dich sîn niht.
swaz kumbers dir dâ von geschiht,   740

705. das ist   709. ainige   710. *ein dû fehlt.*   716. dann
717. lieb   724. gedultiklichen   727. wann ich dir   731. geschûff
—gewalt h.   735. ich das   737. von dem v. du l. w. die t.

des zel mir diu zwei teil.
jâ stêt ez alsô umb daz heil,
im enist ze niemen gâcb,
er enwerbe dar nâch:
ez lât sich vil gerne jagen   745
unde entrinnet ouch dem zagen:
swa ez den bœsen jäger siht,
den lât ez sich vâhen niht:
ez kan mit listen vliehen:
man sol im zuo zieben   750
daz man ez nimmer vrî gebe:
man sol ez ze nôtstrebe
ginendeclîchen erloufen,
mit kumber sælde koufen.
Ouch bât diu werlt vil manegen man   755
der nie ahte gewan
ûf dehein êre,
und bât doch heiles mêre
dan einer der die sinne bât
und dem sîn muot ze tugenden stât.   760
dem bât daz got enteil getân.
den sulen wir ungenîdet lân,
wan swaz dem liebe geschiht,
ob er des immer mêre gibt
ez kome von sîner frumkeit,   765
daz sî im gar widerseit:
er sage im selben nimmer danc.
ich erteile im freude die sint kranc.
Swem iz anders niht gefüeget
(des manegen doch genüeget)   770
wan friundes hilfe und sîn guot,
wil er dâ von sîn wol gemuot,

742. es niht also   743. im ist   744. er erwerbe   747. losen
L. jagære? zu Er. 7703.   749. fliehen] vahen fliehen   751. ymmer
vergebe: vergl. 336.   754. sels   760. ze] gar zu   761. ein tail
763. dem leibe von weiben g.   764. ymmer spricht   768. selbs
nymmer des danck   769. Wem ich annders icht g.

des gan ich im vil sêre,
wan êst ein betrogen êre
unde ein kintlîcher wân. 775
als ich nû gesprochen hân,
sô kan ich dir bescheiden wol
wes ein man geniezen sol:
tugende unde sinne,
sô sint ez reine minne. 780
Von diu swer des geruochet
daz in daz heil verfluochet
unde er niwan sînen gruoz
mit tugenden verdienen muoz,
als ez dir, lîp, ist gewant, 785
dem muoz werden erkant
wes er die liute dunket wert.
erwirbet er iht des er gert,
der mag im selben danc sagen
und den muot dâ von wol hôhe tragen. 790
Jâ wæne ie dehein man
âne kumber liep gewan.
wir haben des mêre vernomen
von manegen, der doch volkomen
was an ganzem sinne 795
und ûf gnâde der minne
dienete ie vil schône,
und bleip mit swachem lône,
denn daz iemen habe heil,
ern gedienes etlich teil. 800
Lîp, daran gedenke wol .
und gebâre als ein man sol,
tuo niht mêre als ein zage,
lâz dîn üppige klage,
sich ûf unde wis frô, 805
und gebâre rehte alsô,

773. gunne   774. wann es ist   781. Von der wenn es so
gereut   782. in] man   783. nun   788. er erwirbet ichts des er
begert   789. selbs   791. Da wann ye   800. er

'got alsô guot, ich bin hie:'
ja verliez got den sînen nie.
erriute dich der bôsheit
(daz ir got gebe leit!).   810
wische den mies vonn ougen.
der rede sîn wir tougen:
dû weist wol daz du ie wære
ein rehter slîchære:
vil lêre ich an dir verlôs,   815
ich züge als lîhte mûzær lôs.
ziph, welch ein hovelîcher lîp!
welchen tiuvel hæte ein wîp
solhes an dir ersehen
daz sî dir liebe lieze geschehen?   820
   Sich lîp, mir ist als wê
sam dem bluomen underm snê
der in dem merzen ûf gât,
wan er niht ganzer hilfe hât
dannoch vor der sumerzît: 825
er duldet manegen herten strît
von des winters gewalt:
er tuot in dicke ze kalt,
unde sô er wære
schœne, ob in verbære   830
des winters meisterschaft,
sô benimt erm sîne kraft,
und trîbet in von sînem rehte
der winter unde sîne knehte,
daz ist der rîfe und der wint,   835
die den bluomen schade sint.
   Ouch vellets dicke der snê.

808. *vergl. Mai* 114, 5. 205, 31.   809. erriute *Lachmann*] Er
huette   811. von den: *vergl. Lachmann zu Iw.* 1208.   816. ich
züge dich also leicht mûterlos: *verbessert von Lachmann. Vergl. auch
zu Er. s.* 413.   817. ziph, *interjection?*   818. hiet   820. dir] von ir
822. s. den pl. vnnder dem sn.   825. dem noch von   829. er *fehlt.*
831. *hier und* 845 *fehlt ein beiwort.*   832. er im   837. fellet sy

dannoch ist mînes schaden mê:
wan der bluome gedingen hât
daz sînes schaden werde rât 840
swenne er umb den mitten tac
die sunnen wol gehaben mac,
und hât zuo dem meien trôst,
daz er danne werde erlôst
von des winters hant, 845
wan sô bristet sîn bant,
und stêt danne den sumer lanc
schône ân allen getwanc.
Sô ist mîn genâde kleine:
wan sô lâst dû mich deheine 850
wânliebe gewinnen.
swes ich von guoten sinnen
ze freuden gedenken mac
beide naht unde tac,
daz muoz ich under wegen lân, 855
wan ich der hilfe niht enhân,
und blîbet unverendet
swa es mich dîn bôsheit wendet:
wan dû bist leider unfruot,
niht wan ze gemache stêt dîn muot, 860
des ich dir harte sêre erban.
sît ich an dir niht enkan
deheine tugende vinden
noch mit lêre überwinden,
sô wær mir niht sô wæge 865
sô daz ouch ich verphlæge
aller êren als dû:
sô lebete ich mit gemache nû:

839. wann die plümen gewifsen dingen h.   841. vnd wenn er
845. *s. zu* 831.   846. w. s. besteet seine pant   847. steend   848. ge-
danck   849—851. So ist mein gnade claine die ich han wann so last
du mich dhainen wan ze liebe gewinnen: *verbessert von Lachmann.*
856. han   857. vnnerwendet   860. wans gemache   861. engan
862. kan

wan ich an ganzem sinne
doch niht mê gewinne   870
wan nôt und ungemach.
owê daz ich daz ie gesprach!
daz muoz mich entriuwen
immer mêre geriuwen.
wie solte ein herze verzagen?   875
jâ muoz ich ez immer klagen
daz ie dehein bœser wanc
kom in mînen gedanc.
ich wære dar an stæte,
ob ich tugent bæte.   880
doch hât ez mich geriwen sô fruo
daz ich ez noch widertuo:
wan swenn ich gewenke dran,
so gehazze mich wîp unde man.
ich wil nâch êren ringen,   885
swie vil ich des mac bringen.
    Ich wæne dich gefrewet hân.
dû maht ez ûz dem muote lân
daz dehein dîn meisterschaft
an mir neme die kraft   890
daz ich durch valschen rât
gein deheiner missetât
gewinne ie deheinen muot.
mîne sinne sint sô guot,
vil bezzer danne dîn.   895
dû muost mir gehôrsam sîn:
swâ dû daz niht entuost,
sô wizze daz dû haben muost
manege müelîche zît:
ez wirt ein êwiger strît.   900

877. kain   878. kome   850. ob ich die iugent h.   881. gerawen:
s. Lachmann zu Iw. s. 384.   883. dann wenn ich gedencke daran
885. welle   866. bringen] s. zum Erec 9504.   887. gefrüetet?
gesweiget? Lachmann.   892. ganntz kain m.   893. g. sein dhainen m.
894. sint] sein   897. souerr d. d. n. tůst

durch daz volge dráte
mînem guoten ráte
und merke mîne lêre.
sît daz ich durch dîn êre
dich vlêgen began,   905
sît hete ich mînen lantman
sînes schaden ê erbeten.
wir sîn niht rehte zsamen geweten,
wan wir ziehen niht gelîche:
man solte uns wærlîche   910
von ein ander scheiden:
daz kœme uns rehte beiden.
Stüende der gewalt an mir
diu dinc ze verenden als an dir,
des ez leider niht entuot   915
(ich hân gewaltes wan den muot
und den frîen gedanc),
dû müesest under dînen danc
nâch gelobtem worte leben.
nû ist mir leider niht gegeben   920
des gewaltes mêre
(daz schadet uns beiden sêre)
wan daz ich der râtgebe dîn
ze allen dingen solte sîn.
nû bist dû mir niht gehôrsam.   925
ich weiz wol daz ich nie vernam
dcheines mannes missetât
sô verre über sîns herzen rât.
ez was ie ungewonlich.
dâ von sô neweiz ich   930
waz der an mir richet
der immer daz gesprichet,

904—907. 'ich bat dich um das was dir ehre bringen würde: eher
hätte ich von meinem nachbar erlangt dass er wider seinen eigenen
vortheil thäte.' Lachmann.   905. phlegen   907. ê Lachmann] fehlt.
erpiten   908. zusamen: vergl. zu Er. 812.   912. kume   915. thût
916. nicht wann   918. muest   930. wayfs

swa er dîne missetât gesiht,
daz er sâ zehant gibt
daz ez ein valschez herze tuo. 935
dâ kume ich wunderlîchen zuo.
und wizze man mir ez niht,
swaz lasters dir geschiht,
daz het ich schiere verklagt.
doch waz iemen nû sagt, 940
sô weiz daz unser herre Krist
daz ez ân mîne schulde ist
und daz mir unrehte geschihet,
ob joch sîn niemen gibet.
Uns dienet niht gelîcher muot. 945
daz mir den meisten schaden tuot
daz ist daz mir niemen wil
gelouben lützel noch vil.
waz frumet vil schœner sin,
sît ich der werlt allez bin 950
der wolf an dem spelle?
doch hân ich mich vil snelle
eines muotes bewegen
des ich mir wil vür sorgen phlegen,
daz ich mir ab selbe geloube. 955
ein man der sich von roube
aller tägelîch begât
unde sinnes niht enhât,
der hât bezzer reht dan ich.
lîp, der schulde zîhe ich dich, 960
wan ich ân dich niht gedenken kan
des ich willen ie gewan.
ezn stê noch an der hilfe dîn,
sô müezen wir verteilet sîn
êren unde guotes. 965

934. so   937. verweise   944. ob joch] doch ob   950. aller
951. der wolf im märchen, dem man nichts glaubt, wie in der er-
zählung vom wolf an der wiege Reinh. f. s. 351 ff.   954. vor
955. aber selbs   957. täglichen   958. hat   963. es steen

wil ab dû dich rehtes muotes
noch zuo mir gesellen,
wir enden swaz wir wellen.
ich sage dir niht mêre,
wan merke mîne lêre: 970
des gewinnest dû noch ruon.
sage mir ob du ez wellest tuon.'
'Herze, ichn weiz waz ich dir sage,
wan daz ich ez gote klage
daz dû mich gar unversolt   975
sus missehandeln solt
als ich ein wunder habe getân:
ez wær under friunden guot verlân.
ouch gezæme ez einem meister wol,
swâ er iemen lêren sol   980
tugent oder êre,
daz er im die lêre
mit zühten vor trüege:
daz wære iedoch geftiege.
nû strâfst dû mich als dînen kneht. 985
ez was ie under friunden reht
daz sî scheltwórt vermiten
unde mit vil guoten siten
zuo ein ander giengen
und sich bî handen viengen: 990
swaz einem an dem andern war,
daz sagete er im vil gar
und bat in ez mîden.
daz moht ein friunt erlîden,
und was er danne ein man   995
der ie guoten sin gewan,
sô meinet er ez ie alsô
und verstuont sich der triwen dô

966. aber 970. wann du m. 971. *s. zum Erec* 435. 972. sag
mir leib ob 973. ich enwayſs 978. freuden 980. lernnen
982. in 985. *vergl. Iw.* 171. 986. vnndern 993. es ze m.
995. er *fehlt.* 998. so

daz erz im riet âne baz.
daz selbe zæme ouch dir baz   1000
denne drôun und schelten.
wes lâstû mich engelten?
    Ich muoz dich râtes frâgen:
wilt dû dar umbe bâgen,
der site ist dir niht guot,   1005
wan sô darft dû nimmer wol gemuot
werden zuo einer stunt.
diu rede ist dir wol kunt
daz ez dem lîbe alsô stât
daz er helfe unde rât   1010
von dem herzen nemen sol.
dâ von sô zæme uns beiden wol
daz wir lebten âne strît
mit ein ander alle zît.
wan dîn unbescheiden zorn   1015
der ist ouch zwâre verlorn:
wan swer dâ zuo nû kæme
daz er daz vernæme,
ez wære niwan sîn spot.
von diu lâzen wirz durch got   1020
unde gedenken dar an
daz wir beide sîn ein man.
nû zwiu solt ich âne dich
od waz möhtst dû âne mich?
    Ist daz duz fürdermâle lâst,   1025
swaz dû mich missehandelt hâst
daz wil ich varn lâzen.
ouch maht dû dichs gemâzen:
bist dû mir guot, sam bin ich dir,
wan ân ein ander mugen wir   1030
deheine wîle genesen:
wir müezen immer sament wesen.

1015. wann du dein   1016. zu vor   1017. dann wer   1019. nun
   1020. von dem l. wir d. g.   1023. zwey   1024. oder   1025. du
vormalen: *s. zum Erec* 4266.   1028. dich sein gerner erlafsen

wir mugen uns niht gescheiden.
got der hât uns beiden
eine sêle gegeben 1035
(anders möht wir niht geleben),
die nimet er uns swanne er wil:
des haben wir kein gewissez zil.
ouch hât ers uns bevolhen sô
mit einer vorhtesamer drô, 1040
er versagt ir sînen segen,
ez sî daz wir ir rehte phlegen,
sô ist ir lôn bereite
nâch unserm geleite.
ist daz wir ir alsô walten 1045
daz wir sîn gebot behalten,
sô gît er uns ze lône
die liehten himelkrône.
versprech wir daz mit frîer wal,
sô antwurt er uns in die zal 1050
der helleschen kinde,
dem tiuvel zingesinde.
sô sîn unheiles geborn
unde ouch immer verlorn
beide mit ein ander wir. 1055
herze, dar nâch rât mir
wie dû wellest daz ich tuo,
und verleite mich niht dar zuo
dâ von wir verloren sîn:
wan mîn dinc ist daz dîn. 1060
Mîn wille niht flinhet
swaz zuo dem dienste geziuhet:
swaz ich getuon mac oder sol,
daz leiste ich gerne und tuot mir wol:
swaz mir ze lîden geschiht, 1065
ez vervâhe wol oder niht,

1036. möchten 1039. er uns sy 1046. also halten 1049. ver-
sprechen 1051. helle ze kinde 1052. zu ainem ynngesinde
1053. s. wir u. s. zu Er. 5940. 1060. mîn] die

ich versuoche ez immer unz ich lebe.
got sî der uns gelücke gebe.
    Ist daz ez mir ab sô ergât
daz mich daz unheil bestât   1070
daz mir dâ niht gelingen sol,
dannoch tuot mir daz vil wol
daz ich diensthaft belîbe
einem also schœnen wîbe:
ich lebe ir gerne mîniu jâr.   1075
jâ trœstet mich baz, daz ist wâr,
ein vil ungewisser wân
den ich zuo ir minne hân
danne ein alsô swachez heil
des ich ze mâze wurde geil.   1080
ouch gewinne ich mê dar an,
swaz ich mac oder kan,
daz ich mich durch sî vlîzen sol
ze tuon rehte oder wol
und valsches durch sî abe bin.   1085
vil gerne ich allen mînen sin
wende ze guote
und habe alwegen huote
daz ich immer missetuo,
mich verleite danne derzuo   1090
daz ich niht bezzers künne.
der mir dan heiles günne,
der räfse mich durch sîn êre:
sô tuon ich es nimmer mêre.
der worte ich tuon mit werken schîn.   1095
dâ mite sol ir gedienet sîn:
und swaz ich guotes mac begân,
daz ist von mir benamen getân.
enpfâhe ichs nimmer lôn von ir,

1067. unz] die weyl   1069. aber   1071. gesigen   1074. einem
Lachmann] an einem   1078. dann   1079. wann also ein   1068. al-
begen   1090. dartzû   1095. tûn ich   1096. ir] dir   1098. von
fehlt.   bey namen   1099. ich des

dannoch frümet ez mir 1100
daz mirz diu werlt ze guote verstât
und mich deste lieber hât.
  Ouch ist mir daz ein swacher trôst,
wan ich bin leides unerlôst.
ob sî mich einen lâzen wil, 1105
son ahte ich ûf die werlt niht vil,
wederz sî der zweier tuot,
sî sprech mir übel oder guot:
wan sô stêt mîn gemüete
daz aller wîbe güete 1110
ze freuden mich niht vervienge,
ob mir an ir missegienge.
ich habe mich, herze, des begeben,
ich wil deheiner freude leben
durch wân ûf ander minne. 1115
swelch lôn ich des gewinne,
ich wil ir immer sîn bereit.
swaz iemen ie durch wîp erleit,
des hân ich dehein werwort:
âne zoubr und âne mort 1120
und daz an die triwe gât
so verwirfe ich deheinen rât,
ichn leiste in durch ir êre.
des vindestû nimmêre
an mir deheinen argen wanc.' 1125
  'Lîp, der rede habe danc.
ez ist kein wunder daz ein man
der niht bezzers enkan
eine wîle missetuot.
hât er ze bezzerunge muot, 1130
und ob erz schämlîchen lât
swa er sich selben verstât,

1106. so   1111. mich *eingesetzt von Lachmann zu Iw.* 5172.
1113. bewegen   1115. auf ein annder   1121. daz im an   1122. ich
fehlt.   1124. nymmermere   1126. hab du d.   1128. kan   1130. beke-
runge   1132. selbs

und niht dankes missevert,
und lâzet daz man im wert,
und sîn selbes ruochet   1135
sô daz er rât suochet,
unde in des wol gezimet
daz er nütze rœte an sich nimet,
des mac wol werden guot rât.
swes muot aber alsô stât   1140
daz im rât versmâhet,
und er der werke gâhet
vil unbescheidenlîchen,
dem muoz sîn sin geswîchen,
mirn haben die wîsen gelogen: 1145
er ist des sinnes betrogen,
sîn leben ist der werlte spot.
lîp, dâ von lobe ich got
des ich von dir vernomen hân.
des hâst dû mich in bœsen wân   1150
vil gar eine wîle brâht:
nû hâst dû dich baz bedâht
daz dir sô misselunge:
vil guote wandelunge
hân ich nû von dir vernomen.   1155
daz sol dir noch ze heile komen.
    Verwirf mînen rât niht
und wizze daz dir wol geschiht.
und ist daz dû wâr lâst
als dû mir geheizen hâst,   1160
sô sî der schade verkorn
âne aller slahte zorn
den dû uns als manegen tac
schüefe, dô unser phlac
liep âne swære,   1165

1134. in   1137. im das   1138. nütze rœte *Lachmann*] in ze rate
1144. beschwichen: *verbessert von Wackernagel (vgl. büchl. 2, 241).*
1145. mir haben dann mein weysere g.   1147. vnd sein leben
1160. verhayfsen   1164. schlîefe dô *Lachmann*] schone du   1165. leyb

als unser reht wære:
daz wande uns, lîp, dîn lazheit.'
'herze, deist mir immer leit,
unde büeze ez swâ ich sol.'
'nu gevellet mir dîn rede wol.' 1170
'entriwen unde tuot sî sô?'
'jâ sî zwâre alsô.'
'nû leiste ich gerne swaz dû wil.'
'sô füege ich dir liebes vil.'
'herze, waz gap dir den gewalt?' 1175
'dîn üppic frâge tuot mich alt.'
'nû zürne niht und wis mir guot.'
'waz ist daz dir unsanfte tuot?'
'dû maht wol selbe wizzen waz.'
'wurd ichs gemant, ich wesse ez baz.' 1180
'mir wart nie hilfe nôt wan nû.'
'sage, lîp, waz meinest dû?'
'mîn leben daz ist kumberlich.'
'bistû siech?' 'nein ich.'
'kundich, lîp, ich hulfe dir.' 1185
'dû solt ân Kundich helfen mir.'
'waz wirret dir? des wîse mich.'
'dû weist ez als wol als ich.'
'ich wæn dû fürhtest den tôt.'
'niht, ez ist ein ander nôt.' 1190
'ist ez umb die sêle od umb den lîp?'
'umbe beidiu.' 'daz vertrîp.'
'daz lêre mich.' 'hât ez iht namen?'
'herze, dû maht dich wol schamen
des spottes des du an mir begâst.' 1195
'wie kumet daz du ez niht wizzen lâst?'

1167. wenndet — lassikait 1168. das ist 1170. leyb nu 1172. da
1176. leib dein 1179. selbs 1180. ich sein g. i. ways es b.
1186. ân Kundich] on dich 1187. gewirret des wise *Lach-*
mann] das beweyse: *vergl.* 1224. *Iw.* 6035. 1189. *vielleicht* dû wæne
fürhtest den tôt: *zu Er.* 4074. 1190. niht — not des ist mir not an
allen spot 1191. oder

'mir ist wê, und bin gesunt.'
'wie dem sî deist mir unkunt.'
'herze, wie wol dû ez weist.'
'niht ê dû mirz geseist.'   1200
'herze, hâst dû iht swære?'
'jâ ich, der ich wol enbære.'
'wâ von ist dir diu bekomen?'
'daz hâst dû dicke wol vernomen.'
'und hâst dû niht wan eine nôt?'.   1205
'wær ir iht mê, daz wær mîn tôt.'
'wâ von mac doch diu selbe sîn?'
'dâ twinget mich diu frowe mîn.'
'so geloube mir, mich deste baz.'
'lîp, ist ouch dir daz?'   1210
'nû wâ von wær mir anders wê?'
'sô schaf selbe deiz ergê.'
'wâ mite?' 'daz sagete ich dir ie.'
'son weiz ich noch leider wie.'
'dâ gehœret arbeit zuo.'   1215
'nû waz gebiutst et daz ich tuo?'
'dâ diene ir vil schône.'
'wie lange?' 'unz sî dir lône.'
'swaz ich tuon, daz ist dîn sælekeit.
ir ist mîn dienst vil lîhte leit.'   1220
'dar ûz solt dû sî bringen.'
'sage mir, mit welhen dingen?'
'dâ mite ob du in rehte tuost.'
'daz ist des dû mich wîsen muost.'
'dâ wis biderbe unde guot.'   1225
'waz ob sis dehein war tuot?'
'sô wær sî niht ein guot wîp.'

1198. das ist   1199. ez] vil   1200. recht nicht   1203. dâ
Lachmann Anm. zu Iw. 490] Ja   1204. daz] da   1209. mich Lachmann]
fehlt.   1212. daz es   1213. ie] ee   1214. so   1216. gepeutest
mir daz: vgl. Lachmann zu Iw. 6261.   1218. gelone   1220. mein
d. villeicht   1221. dâ von?   sî] es   1224. wîsen Lachmann] be-
weysen   1226. wann ob sy dein kain

'si ist guot: wær ich ein sælic lîp.'
'dû solt dich sælec machen.'
'ichn weiz mit welhen sachen.'   1230
'dû muost mit sinnen koufen heil.'
'des sinnes hân ich swachez teil.'
'des muoz dir sælde wesen gast.'
'ir gnâde mir noch ie gebrast.
wâ mite verschulde ich ouch ir haz?'   1235
'dû hâst ir niht gedienet baz:
lîp, daz schînet dir wol an.'
'herze, .ez gelingt als bœsem man.'
'lîp, dû gevellst dir selbe wol.'
'niht wan als ich ze rehte sol.'   1240
'des einen habentz die tôren guot.'
'wes?' 'dâ dünkent sî sich selbe fruot.'
'herze, daz meinest dû an mich.'
'entriwen, lîp, jâ ich.'
'wâ mite verschulde ich daz ze dir?'   1245
'daz weiz ich wol.' 'nû sage ez mir.'
'mit unbescheidem muote.'
'den wandel ich ze guote.'
'daz ist daz dich noch helfen sol.'
'kunde ich ez, ich tæte ez wol.'   1250
'dâ volge den die wîser sint.'
'nû lêre mich, ich bin dîn kint.'
'und ich dîn gwisser râtgebe.'
'sô volge ich dir als gerne ich lebe.'
'sô solt dû liebes dich versehen.'   1255
'daz müeze uns beiden noch geschehen.'
'dîn wünschen hilft dich niht ein hâr.'
'herze, daz ist vil wâr.'
'wünschen was unmanlich ie.'
'nû wil ouch ichz versprechen hie.'   1260

1235 nach 1236.   1239. selbs   1240. nicht dann was ich
1241. habent es   1242. selbs   1248. ich gern ze g.   1255. du dich
liebes   1256. da mûs   1257. helffet

'ist dir nâch ir minne nôt?'
'minnet sî mich niht, ez ist mîn tôt.'
'sô lâ dîn ernst wesen schîn.'
'swie dû gebiutest, herze mîn.'
'swie tump ich nû selbe bin,   1265
ich wil dir râten guoten sin.'
'den vernim ich gerne
ze diu daz ich in lerne.'
    'Lîp, nû solt dû volgen mir:
daz ist niemen als guot als dir.   1270
ich hôrt dich zouber ê versprechen:
daz gelübede muost dû brechen.
wil dû immer gwinnen heil
od liebes deheinen teil,
sô lerne einen zouberlist   1275
der benamen guot ist.
maht dû daz gewinnen wol
daz man dar zuo haben sol,
sô muoz dir gelingen:
ich brâhte in von Karlingen.   1280
    Nû sich daz dû ez verdagest:
doch enruoche ich wem duz sagest.
ez ist dar umbe sô getân,
swer in ze rehte sol begân
der muoz haben driu krût,   1285
diu tuont in liep unde trût.
der endarft dû aber niht warten
in deheines mannes garten,
ouch vindt sî niemen veile.
ezn stê an sînem heile   1290
daz er sî gewinne

1262. ia mynnet   1263. deinen   1265. tump *fehlt*.   selber
1266. ich w. dein ratgebe sein: *verbessert von Lachmann*.   1267. hertz
den   1268. zu dem   1271. ê *Lachmann*] *fehlt*.   s. 1120 *ff*.
1272. glaubete   1274. oder   1276. bey namen   1255. krût] gerûch
    1286. im liebe   trût *Lachmann*] gût   1287. der bedarfft
1290. es   1291. 1292. von dem gewynne mit

von dem mit schœnem sinne
der si in sime gewalte hât,
son hilfet in dehein rât,
er wæn ir iemer enbære.   1295
got der ist der würzære,
der phliget ir alters eine.
sîn kamer diu ist reine:
dar ûz gît er sî swem er wil:
der hât ouch immer heiles vil.   1300
Diu krût sint dir unerkant:
alsô sint sî genant,
milte zuht diemuot.
ez ist kein krûtzouber sô guot:
swelich sæliger man   1305
diu driu krût tempern kan
dar nâch als in gesetzet ist,
daz ist der rehte zouberlist.
ouch hœrent ander würze derzuo
ê daz man im rehte tuo,   1310
triwe unde stæte:
swer die dar zuo niht hæte,
sô müese der list belîben:
ouch muost dû dar zuo rîben
beide kiuscheit unde schame: 1315
dannoch ist ein krûtes name
gewislîchiu manheit:
sô ist daz zouber gar bereit.
und swem alsô gelinget
daz er sî zesamen bringet,   1320
der sol sî schütten in ein vaz:
daz ist ein herze âne haz:
dâ sol er sî inne tragen,
sô wil ich dir daz zwâre sagen

1293. seinem gewalt nynndert h.   1294. so   1295. er wâr ir
ymmer merc   1296. wirsere   1306. tempriern   1309. ouch ge-
horeut a. wurtzenn dartzû   1312. die *fehlt.*   1314. treiben

daz im diu sælde ist bereit   1325
unz er sî bî im treit.
Hetest dû der krûte gewalt
diu ich dir, lîp, hân vor gezalt,
nû sich, dez vaz lîhe ich dir,
wan daz erkenne ich an mir.   1330
nu gebristet dir ir sêre.
sô aber dû ir ie mêre
mügest gewinnen, lîp, daz tuo,
wan dâ râte ich dir zuo,
und enblandez dînem lîbe: 1335
wan sol dir von wîbe
immer rehte wol ergân,
sô muost dû ditze zouber hân.
ouch ist ez eines dinges guot,
daz man ez âne laster tuot   1340
und âne grôze sünde.
wol in der ir hât künde!
daz ist zer werlte ein sælekeit
und ist gote niht ze leit,
ez ist bêdenthalp ein gwin,   1345
got und diu werlt minnet in:
swer den selben zouber kan,
der ist zer werlt ein sælec man.
·   Ich râte dir den einen
und anders deheinen: 1350
wan daz wær misselungen,
wurde ein wîp betwungen
mit zouberlîchen dingen.
dû darft niht ûz dingen,
wan ich wil anders niht.   1355
swem liebe dâ von geschiht,
des freut er sich unrehte:

1329. nie sich des vafses   1330. dir   1331. dir ir] ir ir   1335. vnd enplendest deinen leib   1336. sol es dir   1343. zu der   1347. dieselb zaubernus   1348. zu der   1350. kainen   1357. unrehte   *Wackernagel*] von rechte

wan daz ist bœsem knehte
gemein unt rîchem herren
und mac doch gewerren   1360
dem manne an der sælekeit.
got gebe im immer leit
der sîn von êrste began!
wan dû hât manec man
und ouch vil manec wîp   1365
verloren sêle unde lîp.
durch daz suln wir in lâzen:
daz er sî verwâzen!
und sül dir gelingen,
daz erwirp mit rehten dingen.   1370
ichn weiz waz ich dir sagen sol,
wan dû tuo rehte unde wol,
frume von dir guotiu mære:
ist dir disiu lêre swære,
sô wizze dazte unsælec bist.'   1375
'Nein, herze, noch, sî enist:
wan sî mich bezzert sêre,
daz sî mir immer mêre
muoz gevallen vil wol,
daz ich sî gerne ervollen sol   1380
alle wîle unde ich mac,
und lebete gerne noch den tac
daz ich ein zouberære
nâch dîner lêre wære,
niwan ûf daz eine heil   1385
daz ich ir gnâden einen teil
müeste gewinnen:
wan ich von mînen sinnen
âne zwîvel scheiden muoz,
ezn wende ir gnædeclîcher gruoz,   1390

1359. unt *Lachmann*] mit   1374. die l.   1375. so wais ich wol
daz du: *verbessert von Lachmann*.   1376. noch nit ist: *Inv.* 5492
vrouwe, nein ich noch.   1377. W. sy hat mich gepefsert s.   1385. nun
1386. ich *fehlt*.   1390. es wennde dann ir

des mir noch gar von ir gebrast.
des muoz mir freude wesen gast.
doch darf mich niht wundern mê
von welhen schulden daz ergê
daz sî mîn swærez leit　　　　　　　　　　1395
mit alsô ringem muote treit.
　Sît ir daz gemüete mîn
alsó verborgen muoz sîn
daz si es niht anders wizzen mac
wan als ich irz, sô man ic phlac,　　　　　1400
mit worten bescheine
(son weiz sî ob ichz meine
mit rehten triwen oder niht:
des ir ze fürhten geschiht
daz sî werde betrogen:　　　　　　　　　　1405
wan den wîben ist sô vil gelogen
daz sî ez wol fürhten muoz),
und ich dar zuo ir gruoz
leider unverdienet hân,
sô möht ichz âne klage lân,　　　　　　　　1410
sît dû mir selbe leit tuost
und doch mit mir genesen muost
unde mîne witze treist
und allen mînen willen weist:
des lebe ich harte swâre:　　　　　　　　　1415
du geloubest mirs undâre
daz mir sô rehter ernest ist.
nû kan ich keinen bezzern list,
wan mit disen dingen
wil ichs dich innen bringen:　　　　　　　1420
ich hân die vinger ûf geleit
unde swer dirs einen eit.
　Ich bite mir got helfen sô

1392. w. ein gast: *vergl.* 1233. *Iv.* 3192.　　1393. bedarff
1395. swærez *fehlt.*　　1399. annders nit　　1402. so ways ich ob
1404. dauon ir　　1411. selb laid　　1415. schwere　　1416. mir sundere
　　1418. kain　　1420. wil ich dich sein　　1422. dir seinem

daz ich nimmer mêre vrô
werde ode gewinne 1425
deheine werltminne
oder dehein êre,
niwan daz ich mit sêre
mtteze leiten mîn leben
und dem unrehtez ende geben 1430
und daz diu arme sêle mîn
êweclîchen mtteze sîn
in der tiefen helle
Jûdases geselle,
dâ niemen freude haben mac, 1435
unz an den jungesten tac,
und daz sî dannoch niht sî
vor des tiuvels banden frî,
daz ich den ungetriwen muot,
dâ mite an wîben missetuot 1440
durch sînen valsch vil manic man,
wider sî noch nie gewan.
Ich het ie einen gedanc
sît daz mich ir gewalt betwanc,
ob ez mir sô wol ergienge 1445
daz sî mîn gnâde gevienge,
daz ich sô gar in ir gebote
wolte leben daz ich nâch gote
niht liebers hæte.
wurd ich dar an unstæte, 1450
da verlüre niemen an wan ich.
zwâre jâ bin ich
iedoch mîn selbes vîent niht,
ob mir liep von ir geschiht,
daz ich mir gerne enphremde guot: 1455

1424. nimmer mêre] ymmer werde   1425. werde *fehlt.*   oder
1426. welt wünne   1427. kain   1428. nun   1430. u. d. ein unr.
1432. müs   1434. Jûdases *Lachmann*] zu des   1440. damit
man an   1450. vnrechte   1451. das verlure   1453. meines seres
1455. gern ein frombd gůt

daz wirdet doch vil wol behuot.
Owê, waz hân ich getân!
jâ wæne ich mich vergâhet hân
daz ich sô nâhen sprechen sol.
sî gunde mirs danne wol,   1460
wær ich ie solhes heiles wert
des doch mîn gemüete gert?
mîn rede wær ir von rehte zorn:
wan und hæte got verlorn
einen engel von sîm rîche,   1465
jâ möhte sî im sîn gelîche,
und mit ir nâch grôzen êren
sîn here wider mêren,
wan sî zæm wol an eins engels stat.
ouch hân ich in den muot gesat   1470
daz ich wætlich werde wert
swes ein man von rehte gert.
ein gedanc sol mir wesen guot:
ich hân den willen und den muot,
ob mir got des günnen wil,   1475
daz ichz noch bringe ûf daz zil
daz mir die liute beginnen jehen
mir sül von rehte wol geschehen.
und des ich noch niht wert bin,
ganze tugent und wîsen sin,   1480
den vordert mir noch niemen zuo:
wan daz wær mir noch al ze fruo,
sî sint von mînen jâren niht
den man der grôzen sinne giht.
swie mir mîn dinc dar umbe ergê,   1485
swie mîn sælde noch gestê,
so vergelte im got den süezen rât

1462. begert   1466. ja möchte sich im geleichen   1469. gezäme
1470. ich mich an   1471. wætlich *Lachmann*} von leichtem: *vergl.*
Iv. 1190—1192.   1472. begert   1478. sol   1482. alles zu fr.
1483. sy sein   1494. dem   1485. dinge   1487. im (*dem sinne*
1490) *Lachmann*} ir

der sô ganze volge hât
gewisses lobes von wîser diet,
daz mir mîn sin an sî riet,   1490
ze swelher nôt ez mir gestê.
wan sô ich in der werlt ie mê
guoter wîbe mac gespehen,
als ich der ahte kan ersehen,
sô kumt et von ir güete daz   1495
daz sî mir ie baz unde baz
von schulden wil gevallen:
wan sô ziuht sî ûz in allen
ir tugenthafter muot,
als den karfunkel tuot   1500
sîn schîn, als ich hœre jehen:
selbe hân ichs niht gesehen.
Mir sagent manege daz er
des vinstern nahtes lieht ber
und daz er alters eine   1505
lesche ander steine
swâ er bî in lît.
daz lop lâzen âne nît
alle frowen die nû leben.
ich wil ir des den prîs geben: 1510
michn dunket kein sin alsô guot.
ichn weiz wiez ander liute tuot:
spricht ab iemen 'wie der tobet,
daz er sî über mâze lobet,'
der selbe ist âne rehten sin,   1515
ob ich niht gar ein tôre bin.
sî wil mir wol gevallen:
ichn weiz wie in allen.

1489. lones: *s. zu Er.* 7703.   1490. sî] die   1494. als vil ich
1495. so kume er   1497. wol   1498. ziuht *Lachmann zu Iw.*
2738]* zieret   1500. dem   1501. chehen   1502. selbs h. ich sein
1504. wer   1506. gestaine   1510. ir *fehlt.*   1511. kein *Lach-
mann]* in meinem   1512. ich ways wie sy andern leuten t.: *verbessert
von Lachmann.*   1513. sprichet aber yemand wie diser t.   1518. ich

dæhte ab niemen alsô,
entriwen, des wær ich vil frô: 1520
wan so ahte niemen ûf sî,
alsô belibe sî mir frî.
die rede hân ich durch schimph getân
und wil ir gerne wandel hân:
ichn weiz zwiu mir daz solte   1525
daz nieman enwolte,
od waz ich dâ suochte .
des nieman geruochte.
durch daz sî tugende ist volkomen,
als ich sihe und hân vernomen,   1530
sô mac mir debein nôt
âne den gemeinen tôt
den willen erleiden
noch mînen muot gescheiden
hinnen fürder von ir.'   1535
'Lîp, der rede genâde ich dir.
ich hân nû êrste vernomen
daz wir wol zesamen komen
und daz uns glîcher ernst ist.
nû sûme ez ouch ze deheiner frist   ,   1540
unde merke waz dû tuo.
grîf vil stæteclîchen zuo,
als der dâ beherten wil
die miete ûz unz an daz zil,
und kum niht gâhes an sî,   1545
daz ir din gewerp bî
unstetelîchen wone.
dâ erkennet sî dich vone
in stæteclîchem muote:
des vergiltet dir diu guote.   1550

1519. dauchte aber yemand: *verbessert von Lachmann, vergl. Iw.*3861.
1521. achtet   1525. wann ich wayss   1526. wolte   1527. oder
1529. tugenden   1534. nach meinem   1535. hinfür: *vergl. Iw.*
8080, *und büchl.* 2, 613.   1544. die miete *Lachmann*] der miet
1547. vnstättiklichen: *Lachmann zu Iw.* 3731.   1549. stättiklichem

Unrehtez gâhen sûmet dich.
lîp, dâ bî erkenne ich
die dâ niugerne sint.
die platzent gâhes als ein wint
mit rîterschefte an einen man: 1555
die wenkent ouch schiere dan.
des jener niht entuot
der stæte ist und wol gemuot.
vil schône der ersprenget,
als im state verhenget, 1560
mit vil bliuclîchen siten,
und hât den gâhen schiere erriten.
der hebt dan ûf und hât verlorn,
iedoch mit bluotigen sporn.
Ich wil dir noch mêre sagen. 1565
dû solt dar umbe niht verzagen,
ob sî dir ein wîle erban
daz dû sîst ir dienstman:
wan wirbest dû ez mit sinnen,
dû maht dar nâch gewinnen 1570
bezzer heil, und ist sî guot.
wan ich sage dir der wîbe muot:
sî habent benamen einen site ·
dâ sî sich dicke mite
âne nôt verliesent, 1575
den sî ze gesellen kiesent
unde in ze liebe erwelent,
daz sî dâ mite entwelent
unz sichs diu werlt verstêt,
und ob ez nimmer ergêt, 1580
daz man ez doch für wâr hât.
daz machet wîslôser rât.

1553. nu gern   1555. mit trautscheffte   1556. dieselben
1557. einer   1558. ist *fehlt*.   1559. entsprenget   1560. *L.* alss? *zu*
Erec 2408.   1561. bliuclîchen *Lachmann*] plöden   1563. dan] den
1568. sunst   1569. wann vnd w.   1573. bey namen einen siten
1574. daz sy sich mitten   1579. sich

der frume wirt niht mêre,
wan der schade an êre.
Welch wünne ein wîp dâ mite hât   1585
daz sî ir friunt sô lange lât
an zwîvellîchen sorgen,
die sint mir gar verborgen.
ez ist ein unbescheiden site,
ir friunt verderbent sî dâ mite   1590
und sûment guote minne:
daz wirt in dran ze gewinne.'
  'Herze, ich hœre dich klagen
daz dû wol möhtest verdagen:
dû wirst von fremden leiden alt.   1595
daz dû mir hâst vor gezalt
von wîbes unbescheidenheit,
daz lieze ich den wesen leit
den dâ schade von geschiht.
leider die sîn wir niht: 1600
ez ist der sælegen ungemach.
wie lützel uns des ie geschach
dar umbe sich vil maneger senet!
dû bist sô harte niht verwenet,
dû möhtest dir wol sanfte leben.   1605
sî nement dich niht ze râtgeben,
jâ bist dû ze rihtære
in vil unmære.
dâ von solt dû dîne klage
lân, und wellest dû, sô sage   1610
mir etewaz mêre
daz gezieh ze guoter lêre.'
  'Lîp, ich gibe dir hie an
die besten lêre die ich kan.
wis stæte, deist der beste list,   1615
und merke, swie herte ist

1599. dem   1602. des noch ye   1606. nennent   1607. jâ] da
1608. in v. vnd m.   1610. lân *fehlt.*   1612. gehiefso: *s. Lachmann zu
Iw.* 2868.   1615. das ist   1616 *f.* ein stein *nach* herte

ein stein, ob er etwâ lît
daz ein tropfe ze aller zît
emzeclîchen drûf gât,
swie kleine kraft ein tropfe hât,　　　　1620
er machet durch den stein ein loch.
lîp, daz kumet iedoch
von des trophen krefte niht:
von der emzekeit ez geschiht
daz er dicke vellet dar.　　　　1625
dâ bî solt dû nemen war,
und wellest dus geniezen,
sô lâz dichs niht verdriezen,
dun dienest ir unz ûf die stunt
daz ir dîn dienst werde kunt.　　　　1630
ist sî denne ein guot wîp,
sich, sô lônet sî dir, lîp.
　　Ouch behalt dû dînen glimph,
daz sî in ernest ode in schimph
von dir daz wort iht verneme,　　　　1635
daz sî zeheime hazze neme,
und ervar ir willen swâ dû kanst,
ob dû dir sælde und heiles ganst.
nû sûme dich niht mêre:
ich bevilh dir unser êre,　　　　1640
unser heil stêt an dir:
nû solt dû lîp bin zir
unser fürspreche sîn.'
'daz tuon ich gerne, herze mîn.
Swaz kumbers ich unz her erleit　　　　1645
　　sît ich sorgen begunde,
daz was ein senftiu arebeit
　　unz an dise stunde.
minne mich noch ie vermeit,
　　sî was mir unkunde:　　　　1650
nû hâts ir kraft an mich geleit,

wan sî mir senfte erbunde,
als ir wære niht ze leit
ob mir gar geswunde:
wan sî mir alsô an gestreit   1655
daz sich mîn herze enzunde.
nâch dir, frouwe vil gemeit,
brinnet ez von grunde:
des solt dû nemen mîuen eit,
geloube mîncm munde.   1660
mîn gedanc ist nâch dir breit:
ob mich dîn gnâde enbunde,
ich wær dir immer mê bereit
swes ich gedienen kunde.
mir erban der die kristenheit   1665
vil gerne verslunde,
swære die mîn herze treit,
ob diu an mir erwunde.
von ungelücke niemen seit
der des nie befunde: 1670
unheil mir über den wec schreit
gelîch einem hunde:
ze vaste ich mich dar ûf verreit,
daz schadet mir an gesunde:
sîn zant mich sêre versneit,   1675
mir bluotet noch diu wunde.
Als ich der wunden enphant,
dô nam mîn freude ein ende.
mîn liep vor leide nâch verswant:
wer ist der daz leit swende?   1680
ze sorgen ist ez mir gelant:
frowe, daz erwende.

1652. enpunde   1653. zelaide   1654. mir g. g. *Wacker-*
nagel] ich gar verschwunde   1657. vil *fehlt.*   1660. gelauben
1661. breit *Lachmann*] berait: *vergl. zu Er.* 8543.   1663. nym-
mer berait   1665. enban   1674. an dem g.   1679. leyb: *verbes-*
sert von Wackernagel.   1681. gelant *Lachmann zu Iwein* 7967
gewant

jâ vlîzet sich der vâlant
daz er mîn heil geschende.
ze guote bist dû mir genant, 1685
swie ich mîn dinc gelende.
durch got solt ez dir sîn erkant,
wær ich in orîende,
wie mich dîn tugent überwant.
durch daz sô ginende, 1690
od ich lebe als ein erloschen brant:
sô brinnent ander brende.
jâ frument mir deheiniu bant
âne dîn gebende:
mich heilet niemannes hant 1695
wan dîne hende:
mirn werde trôst von dir gesant,
ichn weiz wer mir in sende.
nû dîner gnâden wis gemant.
daz ich mich der gimende 1700
ê mir der zwîvel neme ein phant
und mich des lîbes phende.
ich hân den muot alsô gewant,
swie ich daz gewende,
daz mir ân dich alliu lant 1705
sint ein ellende.
Nâch heiles gnâden ich ie ranc:
wær sîn lôn gewære!
von allen sælden ez mich dranc.
nû ist mir undære 1710
daz mir dar an noch nie gelanc:
unheil was mir gevære.
des habe ich selten gelfen sanc:
dâ mite ich daz bewære.
von sînem hazze ich nâch versanc, 1715

1683. vâlant] vorr. zu Erec (1. aufl.) s. xv. 1687. solt Lachmann] sol
1685. were ich ormende: verbessert von Lachmann. 1691. oder
— erloschner br. 1694. an dein 1695. hayst nicht mannes 1697. mir
1699. bis 1704. wie 1706. sein ell. 1712. geware

und ouch versunken wære,
des half mir, daz ich niht ertranc,
gedinge ûf liebiu mære.
der trôst mich ie ze lahter twanc,
    wan ich noch wol ginære,   1720
ob dû mirs woltest wizzen danc
    durch dînen schepfære,
daz mir ein süezer umbevanc
    vor kumber fride bære
von dînen armen, die sint blanc: 1725
    sô wurde ich sorgen lære.
und habe dir des deheinen wanc,
    sô si ich got unmære,
dich meint mit triwen mîn gedanc,
    und beweget dich niht mîn swære.   1730
mîner nôt wære ein berc ze kranc:
    ob si mich diuhte swære,
sô würde mir daz leben ze lanc
    daz ich sîn gerner enbære.
Sit ich dîn künde ie gewan,   1735
    sô bist duz alters eine
der ich mir ze frowen gan:
    nû lobest duz al ze seine.
vil dicke ich sældelôser man
    in mînem herzen weine   1740
daz ich den kumber dankes han
    gebunden zuo dem beine
für den ich listes niht enkan
    wie ich in versweine.
daz ich ûz wîben ie began   1745
    minnen deheine
von der mîn muot sô sêre bran
    als ich ir bescheine,
diu mir freude gar enban

1716. ouch *Wackernagel*] doch   1719. glachter   1727. vnd habe
die rede des   1729. mayne   1730. niht *fehlt.*   1733. wan so
1738. alle ze kleine   1741. han: *s. zu* 445.   1743. nicht han   1748. dir

(diu sippe ist ungemeine), 1750
des dulde ich alsô herten ban,
ez erbarmet einem steine.
got enhelfe mir noch dan,
mîn ruowe wirt noch kleine.
an gedingen, des mir nie zeran, 1755
ze trôste ich mich noch leine.
wider dich bin ich valsches wan,
mit triwen ich dich meine:
dâ lâz mich niht verliesen an
durch dîne tugent reine. 1760
Mîn frumen mir vil sêre schât:
jâ lebe ich sam ich swande
den tiefen sê, dan man hât
verre ûz ze sande
(den het sælde heim gelât, 1765
ob in got ûz gesande).
sîn liegen snîdet sam ein grât,
swer dich ie guot genande.
ob mich mîn dienest niht vervât,
die sêle ich gibe ze phande 1770
daz mîn triwe niht zergât,
wan der schade bræhte schande.
mîn muot ze solher wîse stât
daz ichz mir gerne enblande.
ich wæn noch lihter den Phât 1775
allen verbrande,
daz sîn ninder dehein schrât
flüzze in dem lande,
ê daz ich dîn getæte rât:
dâ von sô ist mir ande, 1780

1750. das sib   1753. helffe   1755. nie *Wackernagel*] mer
1760. d. d. t. manigualt vnd r.   1761. schadet (1765 gelat): *s. zu
Iwein* 2190.   1762. da lebe ich sam ich sawainde: *vgl. Rabenschlacht*
967,3, *Wolfram Wil.* 435,15 *K*.   1763. vber tieffe see die m. h.
1764. ze lande   1762—1764 *sind verbessert zu Er.* 3106.   1767. lugen
1770. gib ich   1771. bracht   1775. wann ich — phandt
1777. nyndert kain

ob mich unerlœset lât
dîn trôst von solhem bande.
deist ouch diu grœzist missetât
diech noch an dir erkande.
An freude gedulde ich armuot   1785
in grôzer armüete.
sorgen bin ich unbehuot,
vor den mich got behüete.
waz frumet mich des sumers bluot
mit missevarwer blüete?   1790
jan ruoche ich ob der boume gruot
immer mêre grüete,
dun genâdest mir und sîst mir guot
durch wîplîche güete.
nâch dir hân ich mich verwuot: 1795
ê ich gar verwüete

. . . .

. . . .

jâ macht mich zwîvel ungemuot
mit sînem ungemüete,   1800
daz mich dunkt wie mir daz bluot
lige an einer glüete,
wan ich des tiefen meres fluot
mit sîner breiten flüete,
swie in vil selten iemen wuot,   1805
für disen kumber wüete.
Ich bin unmæzeclîchen wunt:
schaden ich enphinde
geslagen in des herzen grunt,
daz ichz niht überwinde.   1810
an freuden wirde ich ungesunt,
des tôdes ingesinde,
mirn tuo dîn gnâde hilfe kunt,

1782. den tr.   1783. das ist   1784. die ich   1785. In freuden
1766. in *fehlt*.   1788. dem   1791. da rûcht   1792. mêre *fehlt*.
grüete: *vgl. Lanz.* 6698.   1793. du   1797 *f. in der hs. keine*
lücke.   1806. f. d. k. ich in w.   1813. mir

daz sô mîn leit verswinde.
deheines arzâtes bunt,   1815
swie rehte wol er binde,
mir frumet niht, gæbe ich tûsent pbunt
daz ich senfte vinde:
gebiutetz aber dîn rôter munt,
sô genise ich swinde.   1820
sô nem mich sælde sâ zestunt

. . . .

. . . .

. . . .

. . . .   1825
daz er noch erblinde.
Gedinge tuot mich dicke balt:
als ich des beginne,
zwîvel tuot mîn herze kalt
dâ wider zungewinne.   1830
ich wæne ê wazzer unde walt
und diu erde verbrinne
(deist zuo dem suontage gezalt)
und uns der tage zerinne,
möhte ich werden alsô alt,   1835
ê ich von dir die sinne
benim: swie lützel ez noch galt,
ich diene umb dîne minne.
frowe, durch daz sô behalt,
als ich an dich gesinne,   1840
an mir dîn tugent manecvalt.
ichn weiz war ich entrinne:
des nim mîn sorge in dîn gewalt,
wan dû bist mîn gotinne.
Frowe, nû bedenke daz   1845
ê sich dîn trôst verspæte,

1816. wol enpinde   1818. emphinde   1522 *ff. in der hs. keine*
lücke.   1827. mich *fehlt.*   1830. ze gew.   1831. ê *von Wacker-*
nagel zugefügt.   1833. das ist: *verbessert von Wackernagel.*
1841. wohin   1843. deinen

daz ich dîn noch nie vergaz
ze frumeclîcher stæte.
nû lâz gein mir den bœsen haz
niht schaden noch bœse ræte: 1850
ja ist manec triwelôsez vaz
daz anders niht enbæte
wan daz ez gerner dan sîn maz
freudewende hæte
unde im sanfter denne baz   1855
kein werltwünne tæte.
der selbe ist zallen tugenden laz,
ze den untugenden dræte,
und ran (daz ich noch ie ensaz)
dâ in doch niemen sæte.   1860
Ist daz ich mînen langen wân
nâch heile volbringe
den ich nâch dînen minnen hân,
als ich an got gedinge,
sô hât er wol ze mir getân   1865
an gnædeclîchem dinge,
und bin im lônes undertân
dem sage ich unde singe.
ouch muoz ich immer riwec stân,
ezn sî daz mir gelinge.   1870
nû solt dû daz an mir begân
daz dich hebe ringe
und dînem herzen erbarmen lân
daz ich mit sorgen ringe.
Frowe, jâ hât dîn strît   1875
sünde an mir begangen,
sît ich began, daz mich niht sît
dîn gnâde hât enphangen.
swer guoten friunden freude gît,
wen solte des belangen?   1880

1851. trüebloser val   1852. enhæte   1853. gerner] lieber
1869. ymmer in ruien bestan   1870. es sey dann   1872. daz ich h. r.
1875. wohl dîn stæter strît oder mit einem andern adjectivum.
1877. vgl. MSF. 213, 27.   1879. freude von Lachmann eingesetzt.

jâ bedarf in sîner zît
vil baz gelangen
dan der angestlîchen lît
ûf den lîp gevangen.
schadet mir iemannes nît,   1885
wan wære er erhangen!
Wær ich ze heile geborn,
des solte ich geniezen.
die ich ze frowen hân erkorn,
swaz der wort mich hiezen,   1890
daz wurde unlange verborn.
ob mîniu werc daz liezen,
sô dulte ich mînes herzen zorn.
daz wil ich entsliezen:
von sîme gebote hân ichs gesworn,   1895
esn sol mich niht bedriezen.
Nû ger ich daz diu güete dîn
ir namen an mir êre,
daz mir genâden werde schîn.
frowe, lâ niht mêre   1900
nâch dir daz gemüete mîn
ringen alsô sêre.
jâ muoz mîn lîp dîn eigen sîn
nâch getriwes herzen lêre.
Dîn spil ist mir geteilet sô   1905
daz ich noch erwerbe
des mîn herze wirdet frô,
od gar an freude ersterbe.
daz ist mir ein swæriu drô,
wiltû daz ich verderbe.   1910
Ich hân in dîn gewalt ergeben
die sêle zuo dem lîbe.
dienphâch: jâ müezen sî dir leben
und mê deheinem wîbe.'

1886. wann vnd wer erhanngen   1890. dero   1895. ich des
1896. esn] sein   1897. beger   1903. da   1905. Sein   1908. oder
1909. schwärer   1913. die emphach

Owê owê unde owê
(und gienge dehein wort mê
dem herzen sô nâhen,
dáz solt ich gevâhen
und nimmer mêre verlâzen),   5
von gote sî verwâzen
diu ungnædige stunde
an der sich êrste begunde
diu vil swære gewonheit
daz sô grôz herzenleit   10
von herzeliebe geschiht,
dâ man sich guotes von versiht,
als ich von herzeliebe trage.
  Dise wîplîche klage
wîzet mir dehein man   15
der ie herzeliep gewan
des im dar nâch zerunne.
mîner freuden sunne
diu ist leider bedaht
mit tôtvinsterre naht.   20
swelch sinne rîcher man

2. kain   6. sich] von? *oder an der sich heben begunde? Konrad
braucht jedoch im Silvester* 2792 *das ähnliche* an gân *mit dem reflexi-
ven pronomen,* dô sich der ungest ane gie.   15. kain   18—20. *vergl.*
Greg. 2327 f.   19. der   21. welch sein r. m.

sîn selbes lîbe verban
ob er âne kumber sî
leides unde sorgen frî,
well er sich dâ von scheiden   25
mit tûsent tûsent leiden
und immer angestlîche leben,
sô nem er mich ze râtgeben:
sît er sin selbes vîent ist,
ich lêre in einen snellen list   30
der im ze sorgen muoz ergân.
er tuo als ich dâ habe getân.
ich kan wol gnâde lêren
ze ungemache kêren.
ich gihe niht daz ich mache   35
senfte ûz ungemache:
wan got weiz wol, kunde ich daz,
ich bedorfte es selbe und niemen baz.
daz erger kan ich, deist mîn slac:
daz bezzr ich niht gelêren mac.   40
daz hân ich dankes mir genomen.
ich bin ûz senfte in swære komen:
nû kêrte ich gerne: ich enkan.
wesse ab ich wâ ich den man
nâch mînen sælden funde   45
der mich gelêren kunde,
nâch dem strich ich ze Kriechen,
der mich freude siechen
mit sîner kunst ernerte
und dem tôde erwerte   50
der dâ begrebet lebenden man
der sich als ich niht neren kan.
    Ich hœre ie noch die wîsen
loben unde prîsen
volkomene minne   55

, 27. an gaistlich   30. lernne   38. selbe *fehlt*.   39. das ist
40. gelernnen   41. des h. i. d. m. gewunnen   43. gerne] wider
44. wes aber   46. gelernnen   51. lebentigen   52. erneren

ze dem besten gewinne
und zer oberisten krône
von dem süezisten lône
den diu werlt geleisten mac.
ouch kiuse ich naht unde tac   60
an den die liebes sint gewon
daz ir herze dâ von
wünneclîche sî gemuot
zwâre als ez von rehte tuot.
sô wir an die sæligen sehen,   65
dêswâr sô müezen wir des jehen
für daz aller beste ritters leben
daz got der werlte hât gegeben,
swâ ein wol bescheiden man,
der ritters namen gedienen kan,   70
minnet ein bescheiden wîp,
die mit triwen ir lîp
ein ander beide habent gegeben
und sô schaffent ir leben
daz sî sæligiu kint   75
ein ander ze allen zîten sint
ze frömde noch ze heimlîch:
sô ist ir freuden niht gelîch.
ûf daz selbe wunschleben
sô het ich mînen vlîz gegeben   80
in mîner frouwen gewalt:
dar inne wolt ich werden alt.
ich gedâht, ob ez ergienge
daz mîn genâde vienge
mîn frowe für anderiu wîp,   85
daz danne immer mîn lîp
müese sîn vor aller nôt
geruowet unz an mînen tôt,
gekrœnet unde geêret.

57. vnd zu der   58. von den   62. daz ein h.   63. sind
65. an den   66. zwar   74. schephet   79. wirs leben: *verbessert
von Lachmann.*

daz hât sich nû verkêret. 90
sît mir der gwerp und diu bete
alsô rehte sanfte tete,
der gedinge und der süeze wân
den ich doch gerne mohte hân,
und mir daz sælden gemach 95
daz mir sît an ir geschach
diu übele huote hât benomen,
daz ist mir niht ze guote komen.
  Daz mir ie liep von ir geschach,
unde mir mîn heil zerbrach, 100
des lîde ich grôzen ungemach,
daz ich se unheiles ie gesach.
  Ich hân von liebe michel leit:
mich ermet mîn rîcheit:
daz mir ze sælden ist geschehen, 105
des muoz ich ze unsælden jehen:
ich hân mit liebe liep verkorn,
mit gewinne gewin verlorn:
waz mînes willen verdarp
do ich allen mînen willn erwarp! 110
ich wart mit sige sigelôs,
wan ich mit wale sî verkôs:
mir hât der Wunsch gefluochet.
swer nû sîn selbes ruochet,
der hüete sich vor dirre nôt. 115
mîn lanclîp ist mîn gæher tôt.
daz ê mîn trûren wære
dô ich was âne swære,
daz wær mîn beste freude nû:
herre got, daz weist dû. 120

---

94. möchte: *der sich doch leicht erfüllen konnte.* 102. *vergl.* 506,
Iwein 5078, unheiles geborn *büchl.* 1, 1053 110. willen: *s. Lachmann*
zu Iw. 1159. 111. *vergl. Iwein* 7070. 112. erkos 113. *vergl. Iwein*
7066. 115. von diser 116. lang leben: *vergl. a. Heinr.* 712. 1514.
117. ê] vor 117 *ff. Greg.* 335 *ff. nach Benecke* daz ê ir trûren wære
dô sî was âne swære, daz was ir beste vreude hie (*die römische hs.*
hat daz ir trîren wære, *die Wiener* daz ane trewe were).

Für wâr ouch ich daz schrîbe
daz ze disem lîbe
niemen ist ein sælec man
wan der nie sælden teil gewan.

sælec ist der eine   125
der weder grôz noch kleine
debeiner sælden wart gewert
und ir ouch fürnames niht engert,
wan er erkennet sælden niht
und hât verguot swaz im geschiht: 130
sîn herze ist frî von senender nôt
diu manegen bringet ûf den tôt
der schœne heil gedienet hât
und des âne gestât,
als ich mich leider wol entstân,   135
wan ich den selben kumber hân.

Ich hôrte sagen mære
daz triwe und stæte wære
aller sælden beste,
ein mûre unde ein veste   140
für aller hande leit
und gar ein gewarheit
manne unde wîbe
ze sêle und ze lîbe.
ich wirdes anders gewar,   145
wan mîn kumber vil gar
niwan von mînen triwen kumet.
ichn weiz ob er der sêle frumet,
er tuot dem lîbe starke wê.
ich hân von ir niht lônes mê   150
wan trûren den langen tac,
daz ich mich niht getrœsten mac
der guoten diu der minne bete

121—136. *vgl. MSF.* 214, 12 *ff.*   124. wann er nye   128. fürnames]
vgl. 606, *Iwein* 5369.   129. er *fehlt.*   selten   135. als ich mich] vnd ich :
vgl. MSF. 214, 21 *f.*   138. d. trew vnstäte w.   139. selten   141. vor
147. nun von m. schulden k.: *vgl. MSF.* 214, 27.   148. ich wayſs nit ob es

ir êren angestlîchen tete,
daz sî genâde an mir begie   155
und sich an mîne triwe lie.
âne friunde frâge
sazte sî enwâge
ir lîp unde ir êre.
sol ich der immermêre   160
frömde sîn unde ein gast,
daz ist ein bercswærer last
leides mînem lîbe.
ob ich dem besten wîbe
des niht rehte lônen sol   165
mit ganzer stæte unde wol
des sî mir liebes hât getân,
sô müezen alsô zergân
mit riwen alle mîne tage
daz ich ez nimmer verklage.   170
Ez lebent wærlîche
vil harte ungelîche
sanfte in ir muote
der tôre und der fruote.
ez ist reht und billîch   175
daz ir êre ungelîch
in dirre werlte gestê,
wan in ist ungelîche wê.
ez ist reht daz ûf der erde
der fruote nimmer werde   180
mit ganzem gemache.
er slâfe oder wache,
dâ bœret grôziu ahte zuo
wie er dem lîbe sô getuo
daz in diu werlt prîse: 185
sô stât ein ander wîse
dirre ze glîchem vlîze
sam swerze unde wîze,

155. genaden   164. peste   168. sô] sy   170. ymmer   171. lebet
183. gehöret   187. dise   188. schwarze
H. v. Aue, Der arme Heinrich.   9

wie er dem lîbe alsô gelebe
daz in got niene begebe   190
und die sêle verteile
von dem êwegen heile.
er bedarf unmuoze wol
swer zwein herren dienen sol
die sô gar undr in beiden   195
des muotes sint gescheiden
als diu werlt unde got.
swer der beider gebot
ze rehte solde begân,
der darf den sin niht ruowen lân.   200
ouch hât der wîse ein arbeit
die nie debein tôre erleit,
ob er ie liebes wart gewent,
sô sich dar nâch sîn herze sent.
des hât der tôre ein bezzer leben.   205
got hât im lîhten sin gegeben,
sîn senfter sin ist sorgen frî,
waz senelîcher kumber sî
daz ist im gar unerkant.
ein stücke brôtes in der hant   210
ist alliu sîn minne.
ich bin sô kranker sinne
daz ich leider niht gar
genendeclîchen getar
den liuten des gemuoten   215
daz sî den rehten fruoten
mich immer genôzen:
daz ouch sî mich verstôzen
zuo den tôren gar ûz in,
dar zuo hân ich ze schœnen sin.   220
alsô bin ich gescheiden
enzwischen von in beiden.
als ich mich nû wil prîsen,

ich bin undern wîsen
wol eines tôren genôz: 225
dâ wider bin ab ich ze grôz
zeime fürsten sinnes under in
die sô gar sint âne sin
daz man in tobender tôrheit gibt,
wan ich trage doch tôren kolben niht. 230
ichn tar den sinne rîchen
mich nimmer gelîchen:
doch hân ich eine wîsheit,
daz ich liep unde leit
alsô wol erkenne 235
daz ich etwenne
gerner ein tôre wære
dann ich sô grôze swære
von mînen senden witzen trage
die ich mit starker riwe klage. 240
Mir geswiche der sin in kurzer zît,
wan daz mir behabet den strît
der gedinge den ich hân
daz leit mit liebe mac zergân,
daz ich noch müeze schouwen 245
mîne juncfrouwen
stætes muotes unde alsô
daz wir des beide werden frô.
wan ich wære ê immer âne heil,
esn müese ir sîn daz beste teil. 250
dâ vor müez ich sîn behuot
daz mir immer dehein guot
geschehe wider ir heile.
diu freude ist übele veile
die ich imer gekoufe alsô 255
dâ von mîn frowe werde unfrô.
dar an zwîvel sî niht,

224. under den: s. Lachmann zu Iw. 1208. 226. aber 227. zu
einem 231. ich getar nit 234. unde] on 237. gern 239. weysen
250. es 251. müs 253. geschahe 254. ist Lachmann] wäre
255. ymmer gekaufft: s. zu Erec 3255.

9*

swâ ir wille an geschiht,
des enwelle ich mir ze heile jehen
und zem besten daz mir mac gescheben.   260
sît sî got der guote
an lîbe unde an muote
so schône hât geêret
und sî mir daz kêret
ze guote swâ sî immer kan,   265
so enwære ich niht ein sælec man,
swâ ich ir triwen wancte.
swenn ich ir êre krancte,
sô missetæte ich an mir
vil mêre danne an ir.   270
  Eim andern sæligen man
gelinget, des ich im wol gan,
an sînen triwen verre baz.
daz ist sunder mînen haz,
geschiht iemen guoter wol,   275
ob ich niht heiles haben sol.
ich hân von mînen triuwen
niwan schaden mit riuwen.
wie sanfte im sîn untriwe tuot
der sô lîhte ist gemuot   280
daz er sanfter dannich
liebes mac.getrœsten sich,
ob er erwirbet minne
einer fürstinne,
swie er ir dar nâch âne wirt,   285
daz er ir lachende enbirt.
ouch bin ich sô swache niht gem
und diuhte mich ein wîp guot
an lîbe unde an sinne,
und wurde ich dar nâch inne   290
daz sî des niht wære,
ich mite sî âne swære.

als ab mir mîn herze seit,
sô weiz ich mit der wârheit
od von gewissem wâne   295
daz mîn frowe ist âne
valsch, der ich eigen bin.
von diu scheidet sich mîn sin
nimmer mêre von ir:
des selben trûwe sî mir,   300
und daz sî nibt vergezze mîn.
ouch sol sî des gemant sîn,
sît ich ir eigen wesen sol,
einer frowen zimet wol,
diu friuntscbaft gewinnet   305
und einen ritter minnet
der stæte ze minnen ist,
ob sî ze einer jâres frist
gescheide diu huote,
den sol sî in ir muote   310
doch vil geselleclîchen tragen
unz ze sæligen tagen.
swie sêre uns nû scheide
diu übele huotc beide,
nû waz ob diu noch zergât   315
od daz wir etlîchen rât
mit friundes hilfe vinden,
daz wir noch überwinden
swaz uns nû leides g'eschiht?
und wære ouch der gedinge niht,   320
so verlür ich noch die sinne.
ich ger daz sî mich minne,
und ouch daz siz erlîden mege,
alsô daz ez sî niht bewege
(uns enfrumt et debein ander rât,   325

295. oder *immer*. 296 *f.* ane on valsche 298. von dann 303. ir
fchlt. 307. ze] vnd ze 315. die huote noch: *vergl. zu Erec* 5620.
321. doch 322. ich beger 323. ouch *Wackernagel*] doch
325. vnnser frembden ob dhain and. r.

als sî mir doch enboten hât)
von friuntlîcher stætekeit,
und daz ir sî von herzen leit
daz sî mich alsô selten siht.
ich wolte aber des niht   330
daz ir senendiu swære
der mînen glîch wære.
ez ist ze mînem heile
an dem halben teile
mir rehte genuoc und ir ze vil.   335
dâ von ich ir niht gunnen wil
eneben mir ze klagenne.
jâ wær ez ze tragenne
ze starc ir süezen lîbe.
ez wurde deheinem wîbe   340
ze lîden halp mîn senediu nôt,
ezn müese schiere sîn ir tôt.
    Die wîsen die mich ofte sehent
und der liute muot spehent,
die mugen an mir wol schouwen   345
daz ich von mîner frouwen
trage an einem bande
êre unde schande.
daz ist diu êre die ich trage
(ich hân sîn êre, swie ichz klage,   350
und tiwert vaste mir den muot),
daz mir êre unde guot
geschach von einem wîbe
diu an burt unde an lîbe,
an ir sinne und an ir jugent,   355
ist sô volkomener tugent
daz ir von rehte ein man
dem sî wol ir lîbes gan
grôz êre in sînem herzen hât,
des freude an guoten wîben stât.   360

326. also sy   332. mynne   337. neben   341. senede   342. es
351. trauret   354. gepurd   356. volkucner

sô ist ditz diu schande,
sît ich ir güete erkande
und mir sît diu huote,
diu bitter unguote,
enphrömdet hât ir minne, 365
sît sint mir die sinne
von leide nâch entwichen
und mîn freude erblichen,
daz ich einen biderben man
gefrâgen noch getrûwen kan, 370
behalten noch verliesen,
gejehen noch verkiesen,
vertragen noch gerechen,
geswîgen noch gesprechen,
weder verzîhen noch gebiten, 375
niwan mit sô verkêrten siten
daz ich mîn selbes laster hân.
und sol ditz senen lange bestân,
sô verliuse ich alsô gar den sin
daz ich der liute tôre bin. 380
  Mich freut der sæligen drô,
sô machet mich ir angest frô.
mîn gelücke ist sô getân
daz ich leit von ir liebe hân
und liep von ir leide, 385
als ich iu nû bescheide.
swem daz got hât gegeben
daz im allez sîn leben
unkumberlîche stât,
und wol sînen willen hât, 390
dem tuot des tôdes vorhte wê,
und bedarf ouch keiner swære mê,
wan diu selbe angestlîche nôt
die er hât ûf den tôt,
diu lât in selten werden frô. 395

375. verliesen   376. so mit   378. solt — stan   380. tote
386. iu *fehlt*: *s. zu Erec* §539.   393. dieselbig a.: *s. zu Erec* §521.

dar under trœstet mich sîn drô.
er wünschet im ein langez leben:
dâ mite wære mir vergeben,
wan ich ein swærez leben trage.
ich freu mich mîner kurzen tage,   400
daz ich niht immer haben sol
den swæren kumber den ich dol.
ich weiz doch wol daz al mîn leit
daz mîn senendez herze treit
in abzec jâren ende hât,   405
ob ez ê niht zergât.
    Sît mir nû dehein list
nütze dâ für ist
ichn müeze mir nemen daz ein
under übelen dingen zwein,   410
swie mir dewederez gezeme,
so ist reht daz ich daz bezzer neme.
mir ist bezzer daz ich trage
durch mîne triwe swære tage
dan mich ein ungetriwer muot   415
friste, als er vil manegen tuot
dem sîn ungewisheit
benimt den kumber und daz leit,
daz im sîn friunt niht nâhen gât
der sich an sîne triwe lât.   420
mîn kumber ist ein kurziu nôt,
der sîn ein êwiger tôt.
wan wirn sîn alle betrogen
und diu wârheit habe gelogen,
sône wirt sîn nimmer rât   425
der ganzer triwen niene hât.
ouch missezimt ein trûren niht
swâ ez ze kurzer zît geschiht.
    Ez lebt in tôren wîs ein man

396. dar under *Lachmann*] dar an   sîn drô, *s.* 381.   397. im vmb
ein   400. ich erfrew   401. leben   407. kain   409. ich   423. wann wir
sein dann alle b.   424. haben   425. so   427. trawen   429. in tore weyfs

der nie deheine swære gewan: 430
der wart ouch nie rehte frô.
niemen frumer lebet alsô,
im ensî der wehsel bereit,
beide liep unde leit.
ja erkennt man liep bî leide. 435
die sumervarwen heide
die liebt des winters swære:
ob winters niene wære,
sô wære des sumers niemen frô.
und stüende durch daz jâr alsô 440
diu beide lieht und missevar,
sô næme der bluomen niemen war
der man sus wünschet unde gert.
ez werdent liep unde wert
nâch ungewiter liehte tage, 445
freude und heil nâch grôzer klage.
swes trûren alsô stât
daz er gewissen trôst hât
daz ez mit freuden zergê,
dem ist wol, und ist mir wê. 450
Swer nû mîn bruoder wære
an senlîcher swære,
daz ez im stüende als ez mir stât,
dem gæbe ich alsô wîsen rât,
ob ers gevolgen kunde, 455
dâ mite er überwunde
allen sînen kumber,
leider des ich tumber
selbe niht gevolgen kan.
ich râte wol eim andern man 460
einen rât, derst manlich,
daz er gar getrœste sich
des er niht gehaben mac.

433. im sey   437. liebt *Lachmann*] leiden   443. vnd begert
447. vmb wes trew es also st.   459. selber   460. einem
461. der ist

noch kunde ich unz an disen tac,
sît daz sî gnâde an mir begie   465
und mînen wilden muot gevic,
nie solhes niht gewinnen
von habe noch von minnen,
wart ez mir dar nâch benomen,
ichn wære es schiere abe komen   470
âne nâch gênde klage.
hier an bin ich gar ein zage.
als ich mich des getrœsten wil,
was ê mînes kumbers vil,
sô wirt sîn danne michels mê.   475
des ist mir wirs danne wê.
    Sît nû die wîsen habent geseit
für die rehten wârheit
daz sich ein vol frumer man
alles des getrœsten kan   480
des er niht gehaben mac,
unde ich disen seneden slac
mit nihte kan vertrîben,
sô zæm mîn herze den wîben.
    zwâre ich vorhte ouch noch ir sage   485
daz ich des lîbes wære ein zage,
wan daz mir unz an dise frist
der lîp des niht erlâzen ist,
ichn sî in grôzen kumber komen
der mir mit êren wart benomen.   490
sô ist ein anderz mîn gedanc:
swâ mir an strîte gelanc,
daz kom von mînem heile
an dem merren teile

464—476. *ich habe nie etwas von habe oder von liebesglück bei andern erlangt dessen verlust ich nicht leicht hätte verschmerzen können; das nie erlangte aufzugeben ist mir schwer.* 465. sit *fehlt.* 470. ich w. schier sein abk. 474. ê *fehlt.* 475. wirser 479. vol Lachmann zu Iw. 3179) wol 485. zw. ich erforchte auch nach ir s. 489 *f. ich habe mich in ritterschaft immer tapfer gehalten.* 489. ich 494. mererm

dan von debeiner manheit.   495
zwâre, habent sî wâr geseit,
sô bin ich gar ein leider zage,
wan sich mêret alle tage
mîn sendiu swære, der ich doch
gerne enbær, wan daz ich noch   500
sô vestes herzen niene hân
daz ich die swacheit müge verlân.
weder mir nû ditz selbe leit
von triwen od von zageheit
od von in bêden ist geschehen,   505
sô hân ich se unheiles gesehen.
    Ich hân versuochet manegen list
der den sæligen ist
nütze für ir senendez leit.
daz sî dâ habent für wârheit,   510
daz ist ein snîdende lüge:
sî jehent daz man liebes müge
mit liebe vergezzen.
ich hân des niht versezzen,
ichn habe ouch daz versuochet.   515
ich bin sit beruochet
von etslîchem wîbe,
vil süezer an ir lîbe,
diu an schœne unde an jugent
an geburt unde an tugent   520
ir nimmer entwiche einen fuoz
der ich dâ bin und wesen muoz.
etwâ greif ich über mich
ze der diu rîcher ist dann ich
und dienet umbe ir minne   525
und kom ze dem gewinne
daz ich an ir arme gelac.
sô sî mîn aller beste phlac

    497. leider] ellender   500. noch *Lachmann*] *fehlt.*   510. haben
die w.   512. sî jehent] suechen   515. ich   519, 520. *das zweite*
an *fehlt.*   524. dan: *Lachmann zu Iw.* 7438.   527. armen

und ouch ich mit ir begunde
swes ich guotes kunde,   530
sô ich vlêgen wolte
und triuten als ich solte,
sô kom diu ander guote
nie ûz mînem muote,
und nante ie jene der ich dâ bin.   535
sô sprach disiu 'dîn sin
der enist dir niht gar:
selle, dû minnest anderswar.'
sô swuor ich für die wârheit
mancgen ungestabten eit.   540
sô mich der list niht vervienc
und swaz ich dinges mêre begienc,
sô mante ich mich besunder
und gedâht 'ez ist ein wunder
daz ein gesunt starker man   545
sich des niht erweren kan,
im beneme ein krankez wîp
bêde sinne unde lîp.
daz ist ein zagehafter muot:
tno in bin, er ist niht guot,   550
und underwint dichs nimmer mê:
er roubet êre und tuot wê.'
sus getrôst ich mich selben dô
und huop ein liet an und wart frô
und wart mir selben undertân   555
und wolte des gevolget hân
und volgtes ouch ein wîle.
ê man dâ eine mîle
möhte gerîten,
so begunden aber strîten   560
immer nâch ir gwonheit

531. vlêgen *Lachmann*] phlegen   532. vnd trawet jn als   537. der
ist   538. geselle: *vgl. zu Erec* 7703.   540. vngestalten   543. naunte
545. gesundter st.   551. dich sein   553. 555. selbs   557. volget
sein   560. begunde

mîn freude und mîn herzeleit
und begunden mich bewegen
aber mit ir wehselslegen,
und wart mîn kamph sigelôs.   565
freude diech ze kempfen kôs,
diu gesweich mir unde lie mich,
und nam mich senen wider an sich
und hât mich alsô alle wege
in sîner heimlîchen phlege.   570
sît mich mîn sin noch wîser rât
für ditz senen niht vervât
alsô grôz als umbein hâr,
sô weiz ich rehte für wâr,
mir enfremde got der guote   575
dise übele huote
durch sîne reine süeze,
daz ich sî minnen müeze,
sô endet mîne senende nôt
niemen anders wan der tôt.   580
   Ich erkande einen wîsen man,
der geloubte vaste dar an,
er klagete nie swenn im geschach
ein leit ode ein ungemach,
er jach daz ie nâch swære   585
ein heil gewis wære,
wan daz es mir niht geschiht.
sô wæne ich daz diu werlt giht
daz dehein schade sî
dâne sî ein frume bî.   590
den schaden weiz ich den ich trage:
ob nû got nâch dirre klage
und nâch disem unmuote
mit deheinem guote

564. wehselslegen, *vergl. Iwein* 1047.   566. die ich — erkos
568. mich *fehlt.*   581. erkenne   582. geloubte *Lachmann zu Iw*
1730] gelaubet   583. klaget   585. er sprichet   588. spricht
590. dann sey   591. den ich *fehlt.*   592. dir

immer wil getrœsten mich,   595
zwâre sô sûmet er sich,
lât er mich trûren in der jugent.
und so ich in mîner besten tugent
mit unfreuden alte
unde er mir behalte   600
mîn freude unz ich ir wol enbir,
daz ich irn touc noch sî mir,
nû waz sol sî mir danne?
ich gloube dem wîsen manne
daz leit nâch liebe geschiht,   605
und enweiz des fürnamens niht
ob liep nâch leide geschehe,
ezn sî daz ich ez noch gesehe.
nû wizze wol der wîse man,
unde hât er mir dar an   610
unrehte geseit,
ich gloube an sîne wîsheit
binnen fürder niht mê
dan an wîzen koln und swarzen snê.
  Ouch hœre ich daz man sælde im zelt   615
der beide teilet unde welt:
sî jehent im müge niht missegân.
ez muoz dannoch an heile stân,
od ez mac im wol zem bœsen komen
swenn er dez beste hât genomen.   620
swen daz gevellet an
daz beide wîp unde man
wænent deiz daz wæger sî,
sô ist ein ungelücke bî
und verkêret im daz reht,   625
und wirt der Unsælden kneht.

596. zwar   597. in meiner j.   598. sol   599. alten   600. behalten   602. ir   603. sî *fehlt.*   608. es sey dann daz   612. gewisheit   613. binnen für: *vergl. büchl.* 1, 1535.   614. vnd an schwarczen   615. im salde   619. oder es — zu dem b. k.   620. wenn er des pesten   623. wänet daz w. s.   624. dabey: *zu Er.* 1060.

nû teilte ich unde welte
des tages dô ich selte
in ir gnâde mînen lîp:
solt ich dô alliu werltwîp   630
wider ir geteilet hân,
die hêt ich durch sî alle verlân.
sus teilte ich in mîm muote
und wânde weln ze guote
und hân des michel leit genomen.   635
sît mir mîn dinc ist alsô komen
daz ich teilte unde kôs
und an dem wægisten vlôs,
zwâre dâ erkenne ich an,
ezn weiz hiure dehein man   640
waz im sî schade oder guot,
swa er rehte od unrehte tuot,
wan als im gelücke treit.
ouch wil ich mit der wârheit
mir einen gwissen trôst geben,   645
sul wir beide lange leben
und ist mîn juncfrowe mir
stætes muotes als ich ir,
sô mac ez harte wol geschehen
des ich die wîsen hœre jehen,   650
daz liebe nâch leide ergê
unde frume bî schaden gestê.
müet sî daz sî mîn enbirt
und deiz sî mir gelîche swirt
und ist ir ernest als mir,   655
zwâre sô vinden wir
beide etlîchen list
der uns nütze dar zuo ist,
swie uns scheiden driu lant,

628. die ich solte   630. dô] die   632. ich alle durch   633. sunst
teilet ich in meinem m.   634. vnd wann wellen   636. alsô *fehlt.*
638. verlos   642. wo   644. mit] mir vnd   645. mir *fehlt.*
650. die] den   652. frummen — bestee   654. daz

daz uns niener nahtgewant 660
noch sô vil sô cin hemde
nâch dirre langen fremde
underwîlen scheide:
sô werden wir vor leide
mit grôzer liebe erlôst. 665
sô hân ich einen untrôst,
der müet mich spâte unde fruo:
ich fürhte deiz mir schaden tuo
daz ich ir alsô fremde bin.
zwâre sî wellent mir den sin 670
und daz herze brechen
die ich dâ hœre sprechen
'dan ûz ougen dan ûz muote.'
sô tuot mir vil ze guote
ein trôst den ich dâ wider hân, 675
des ich mich harte wol entstân
an mîn selbes herzen
mit senlîchem smerzen:
ich hœre des vil liute jehen,
die wârheit hân ich selbe ersehen, 680
daz rehtiu liebe niht zergê.
und gesæhe ichs nimmermê,
dannoch müese sî mir sîn
(daz nime ich ûf die sêle mîn)
niht leider dan mîn selbes lîp. 685
dâ wider sint abe diu wîp
gæhers muotes dan die man:
dâ stêt mîn untrôst aber an.
sô sî sô maneger êret
und an ir minne kêret 690
sînen vlîz und manegen list,
der lîbte maneger tugent ist
tiurre danne ich selbe sî,

---

660. niener nahtgewant *Lachmann*) nur nachwant   668. daz es
670. zwar   673. daz aus — daz aus   680. selbs   686. aber
687. geherrigers mute   693. selbs

so ich von ir bin und er ir bî,
daz ist daz mir den schaden tuot: 695
dâ von erwiele engels muot.
sô stêt ein ander trôst dâ bî,
wie wîbe und manne leben sî
gescheiden alsô sêre.
ir schande ist unser êre: 700
des wîp dâ sint gehœnet
des well wir sîn gekrœnet:
swaz ein man wîbe erwirbet,
daz er doch niht verdirbet
an sînen êren dâ von.   705
dar under sîn wir gewon
an wîben die mit êren lebent
und sich schanden begebent,
diu einen guoten friunt hât,
daz si der andern habe rât.   710
swie ich nû wenken möhte
und tuon daz ir niht töbte,
daz schadet ir an mir niht ein hâr.
dar zuo sihe ich durch daz jâr,
swar ich der lande kêre,   715
schœner wîbe mêre
danne sî manne tuo.
daz schadet ir allez niht dar zuo
daz ir kein kranc an mir geschehe,
swie vil ich guoter wîbe sehe   720
od swie verre ich ofte sî von ir.
der alte spruch dern touc an mir
'dan ûz ougen dan ûz muote':
zwâre ez muoz diu guote
versigelt in mînem herzen sîn   725
sam in der sunnen der schîn.

694. er *fehlt.*   696. dauon ein weybengels můt: *verbessert von*
Lachmann.   698. weybe oder mannes   702. wellen   704. er *fehlt.*
715. wohin   717. dann sy weybe und manne: *verbessert von*
Wackernagel.   722. der entauge   723. daz aus — daz aus   724. musse

Dâ bî stêt aber ein ander drô
diu mich ofte tuot unfrô:
siht sî des jâres einen man
- der biderbe ist und sprechen kan,   730
daz mac mir mêre an ir geschaden,
si ensî mit stæte überladen,
dann ir daz an mir schade sî
ob ich durch daz jâr bî
einem guoten wîbe wone.   735
wan unde sol mir imer dâ vone
geschehen deheiner slahte guot
daz einiu mînen willen tuot,
des muoz ich sî vil kûme erbiten:
wan daz ist nâch den alten siten,   740
daz ich vil kûme erdienen muoz
dar umbe suochet man ir fuoz.
ich wære ô nimmermê bî ir
ê einiu spræche zuo mir
'selle, wan minnest dû mich?'   745
wan daz diuhtes unbillich.
sô muoz sî ze allen zîten
der bete widerstrîten,
wan man bitet sî durch daz jâr.
sô schadet ir an mir niht ein hâr   750
swie vil mîn ouge wîbe siht,
wan mîn bitet ir keiniu niht.
  Sô stêt ein ander trôst dâ bî,
der wil ich daz der wæger sî.
ob uns beiden immer wol   755
mit ein ander werden sol,
sô muoz sî ze allen zîten
mir helfen gestrîten:
ob uns ouch daz niht helfen sol,

732. sy sey mir   736. nymmer dauone: *zu Erec* 8585.
737. ainicher   740. noch der   743. *vielleicht* immermê.   745. ge-
selle: *s. zu v.* 538.   752. peitet   754. wil *Wackernagel*] weil
757. sî *Wackernagel*] ich

so geschiht mir von ir nimmer wol. 760
und muoz ouch ir missegân:
daz enkunde niemen understân.
mîn frowe hât sô ganze tugent
unde sin zuo ir jugent
daz sî sich wol versinnen kan 765
wie der gelingen muoz dar an
diu nû gesellen kiuset
und morgen den verliuset
unde ir aber einen welt
und den zehant ûf selt. 770
diu muoz verderben dâ mite,
wan dâ verliuset sî mite
minner noch mêre
wan lîp guot joch êre:
sî duldet schaden unde spot, 775
sî hazzent liute unde got.
dâ wider ist diu guote,
diu kiusche gemuote,
diu sich an stæte kêret,
gewirdet unde geêret 780
von gote und ûf der erde.
diu kiusche und diu werde
diu muoz mit freuden alten
unde wol behalten
beide sêle unde lîp 785
alsô von rehte ein sælec wîp.
ouch sols bedenken, ob sî wil,
diu wîp vindent niht vil
der manne die den wîben
sô stæte belîben: 790
diu sich danne an einen lât
der triwe unde stæte hât,
lîp und schœne sinne,

761. und *Wackernagel*] so   763. junckfrawe   769. erwelt
770. aufzelt: *vgl. Servatius* 1388 *und zeitschr.* 4, 396.   773. weder
mynnder   774. noch   776. sy hafset leut   780. gewirset

swenne sî des minne
von ir schulden verkür,   795
daz wizze daz sî dran verlür.
   Sus sî mîn frouwe gemant
und wizze daz ich in ir hant
bêde sinne unde leben
mit rehten triwen hân gegeben.   800
ich lege und hân an sî geleit
zwâre michel arbeit
an lîbe unde an muote.
und wizze wol diu guote
daz ich an ir niht verzage.   805
und sî daz ich ouch ir behage,
dar nâch vâhez mit mir an.
ob sî wil unde kan
geselleschaft behalten,
sô müez wir sament alten.   810
   Kleinez büechel, swâ ich sî,
sô wone mîner frowen bî,
wis mîn zunge und mîn munt
und tuo ir stæte minne kunt,
daz sî doch wizze daz ir sî   815
mîn herze ze allen zîten bî,
swie verre joch der lîp var.
zwâre sul wir immer gar
ein ander werden benomen,
daz muoz von ir schulden komen.   820
   Waz mac ich nû sprechen mêre?
wil sî mir sîn ze hêre,
sô minne ich sî ze sêre.
swar mîn gelücke kêre,
so bewar diu gotes lêre   825
ir lîp und sterke ir êre.

795. diu wizze?   798. ich] sy   806. ir *fehlt.*   810. so muessen
wir ensament alten   817. joch *Lachmann*] *fehlt.*   825. der gotes
sere   826. zere. Amen.